天下篇，逍遙遊
七星劍，葫蘆酒
你就這樣長身去了江湖
自天涯滄桑風塵回來的你
大鐘鳴鼓，琴瑟竽笙
高台厚榭，邃野之居
或人何在？或人何在？
你又帶書攜酒配劍
從眼前到天涯，一路過去

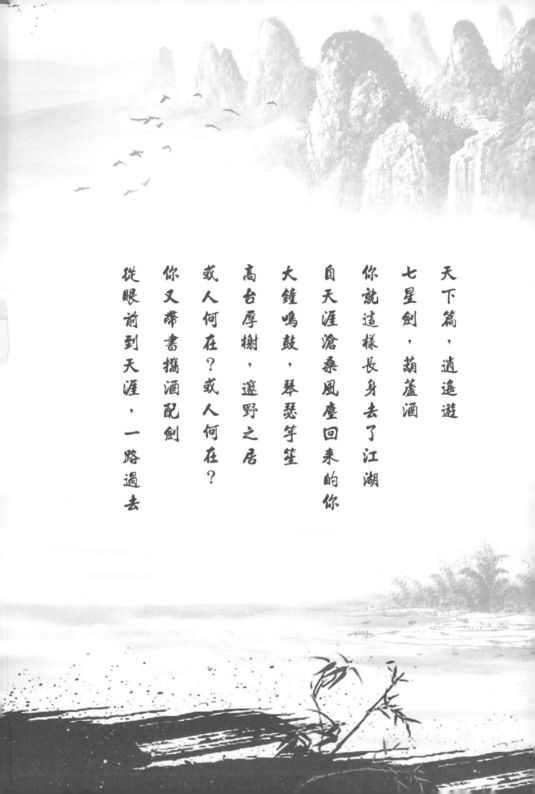

落花也有溫柔的遠志
像人走向水涯
而裘褐為衣，棺桐三寸
張目奸逼切如大火逼你躍牆
身臨絕澗如閉目飛躍
而這一躍往何處去呢
流水也有悲壯的柔情

——摘自溫瑞安《山河錄》之華年

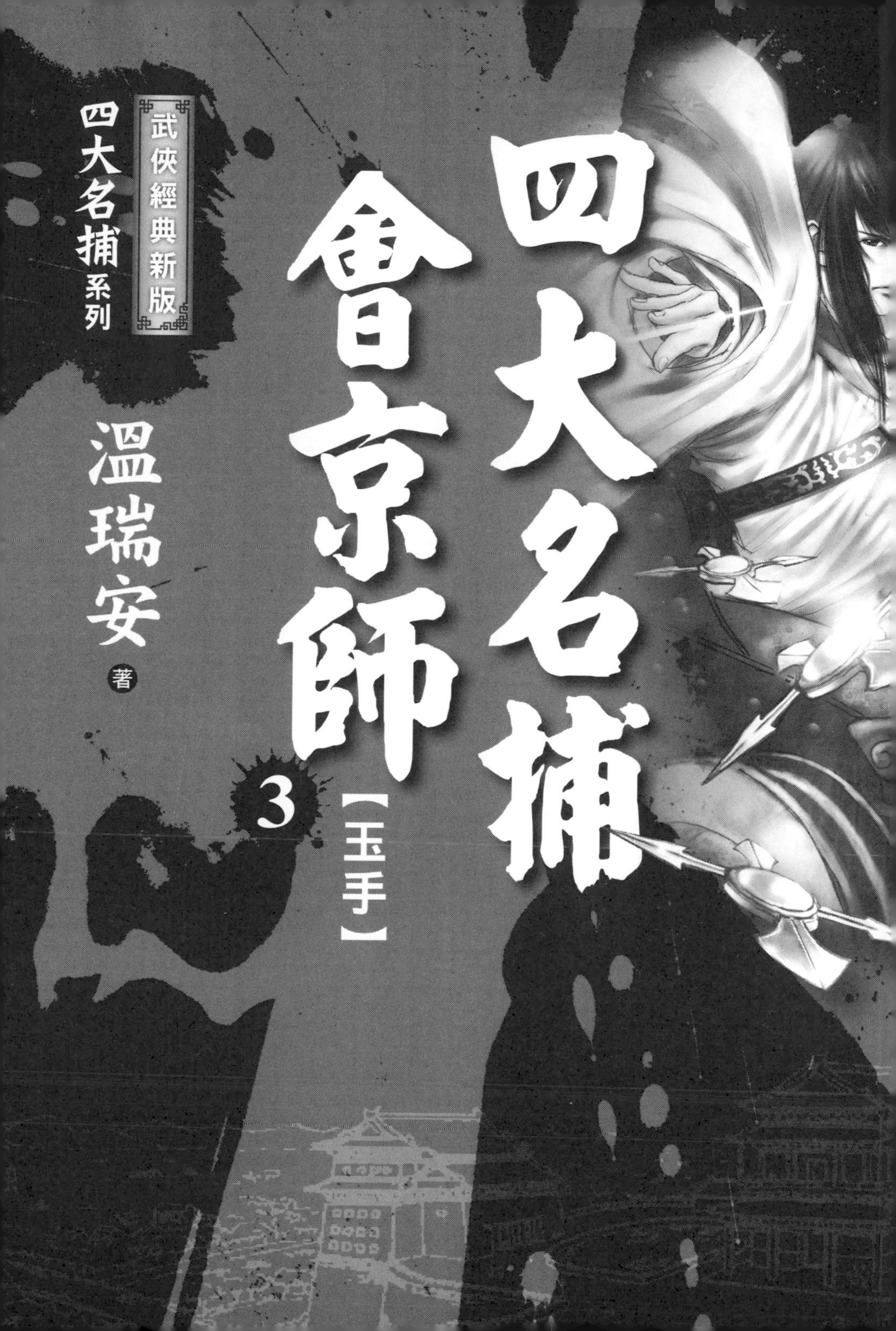
四大名捕會京師
3
【玉手】
武俠經典新版
四大名捕系列
溫瑞安 著

四大名捕系列

四大名捕會京師

第三冊 玉手

目錄

第四部 玉手

第四部

玉手

楔子　燭影椎風

高燭獨照，燭影輕搖。室內一老一少，正端坐几之兩方對弈，在子夜裡一攻一守，一守一攻。

他們奕棋時很專注，白眉黑眉俱下沉又上揚；兩人也在說著話，說話的聲音很低。

只聽得那老的一聲喟歎：「無情，你的棋藝又有精進了。」

那少年靜默一陣，然後道：「世叔若下殺著，半盞茶時分我必敗北。」

那老人笑了笑，道：「無情，你才不過二十出頭，但心思慎密，已逾四十之齡。不過，你自己倒要控制得恰到好處，否則年少老成，痛苦自尋。」

那少年畢恭畢敬的道：「晚輩不是著意執迷，而是勘不破。」

那老者垂眉笑道：「你殺孽重，自然勘不破。」

忽然間，窗櫺碎裂，木條震飛，三名黑衣精悍的漢子，同時掠了進來，分三個方向把這一老一少兩人包圍。

冷冷的月光灑進來，少年一抬眼，銳氣暴射，又垂目道：「如何消弭殺孽，勘得破紅塵？」

那老者連目也沒抬，靜靜地道：「何須消弭殺劫？不必勘破紅塵！」

那三名黑衣人掠了進來，殺氣頓盛，本來穩穩的站在那裡，但見二人根本沒有把他們放在眼內，早已沉不住氣，其中一名暴喝道：「你是諸葛先生？」

那老者歎了口氣，拾起一粒白子，下子一著，道：「該殺的，還是要殺的。」

那少年白衣微微一動，薄如劍身的唇緊緊一抿道：「是！」

那發話的大漢忍無可忍，怒叱道：「我不管你是誰，枉死城中，可別怪我！」嗆然出刀，刀風虎虎，直劈老者的後腦。這一刀劈出，攻七分守三分，遇危時有五記變招，不敵時可以前封而後退。這一出手，便知其人在江湖上必是成名刀客。

老者還是沒有動。眼看刀就要劈中老者的後頸時，那白衣少年一剔眉毛，殺氣大盛，袖一揚，白光一閃，這黑衣人慘叫一聲，叫聲未斷，人已斃命。

白衣少年彷彿連動都沒有動，仍端坐在几旁。

黑衣人橫屍地上，咽喉多了一枝藍光閃閃的精鋼白骨追魂釘。

其餘兩名黑衣人大驚失色，互覷一眼，一人反手拔出九節蜈蚣鞭，一人倒抽出一口緬刀，一左一右，左擊老者，右攻少年。

那少年冷冷地道：「對諸葛先生無禮者死！」

九節蜈蚣鞭已向諸葛先生迎頭蓋下，那少年一說完，忽然全身一震，又是白光一閃！

那使九節蜈蚣鞭對付的雖是諸葛先生，但眼見那少年一出手便斃了自己的夥伴，所以注意力乃集中在少年身上。

那少年一震，使九節蜈蚣鞭的大漢立時化攻爲守，但意念甫生，白光已至，胸前一痛，垂目一望，一支鋼鏢已深深嵌入胸中。

這大漢慘叫道：「你……你是……你是無情？」

那少年仍在燭火搖晃中注視棋盤，諸葛先生回頭歎道：「他一向殺手無情！」

大漢仰天而倒，另一名使緬刀的大漢，那一刀早已砍不下去了，左右一望，倒飛向窗逃去。

諸葛先生長歎道：「回來。」

他說「回」字的時候，人仍在几旁；說「來」的時候，人已在窗前，那使緬刀的大漢幾乎撞上了他！

使緬刀的大漢驚惶失措，匆忙中一刀橫劈，情急拚命，勢不可擋！

但這一刀使到半途，忽然斷成三截，是給諸葛先生食中二指夾斷的，一夾一斷，一連夾了三次，刀斷了三截，而這一刀才使到中途。

諸葛先生微笑道：「徐州快刀曹敬雄？」

這大漢情知逃也沒用，長歎一聲，棄刀恨聲道：「你管我是誰，要殺要縛隨你便！」

諸葛先生輕輕用手拍拍他的肩膀，笑道：「回去告訴你們的魔姑，要諸葛的人頭請她自己來取，叫人送死則是免了，否則老夫自會遣人找她。」

那曹敬雄眼睛骨溜溜地轉，不知如何是好。諸葛先生道：「去吧！」伸手一推，曹敬雄的人立時飛跌出窗外，好一會才聽見他爬起身來，再呆半晌才飛奔遠去。

白衣少年無情靜靜聆聽那曹敬雄落荒而逃的聲音，好一會兒，忽然道：「我去追蹤。」

諸葛先生搖頭笑道：「曹敬雄顯然直屬於『魔姑』的部下，『魔姑』的『四方巡使』不會讓人跟蹤他回去的。」

無情「哦」了一聲，道：「那麼，只怕曹敬雄很快便回來了。」

諸葛先生歎了一口氣。

忽然外面傳來一陣巨飆般的聲音，急劃過靜夜，紅影一掠而過窗前，諸葛先生驀然一低頭，一枚飛椎擊空而打入牆內，牆碎裂，轟然巨響。

椎尾連有一根鋼絲，鋼絲一抽，飛椎倒飛窗外，紅影已不見，砰地跌入一個人，黑夜又立時恢復了平靜。

只聽諸葛先生淡淡地一笑道：「來的是『東方紅衣巡使』『幽魂索魄椎』臧其克。」

無情雙手一按桌面，借勢欲起，諸葛先生道：「不必追殺，這件事我遲早都要交給你辦。」

無情望向跌落地上的那人，腹中被擊中一椎，血肉模糊，死狀奇慘，正是曹敬雄。

無情冷笑道：「這『魔姑』對自己手下也恁地狠毒！」

諸葛先生道：「這『魔姑』向來身分莫測。『四大天魔』中，有謂『姑、頭、仙、神』。『魔神』淳于洋雖雄霸天下，論武功卻不如『魔仙』雷小屈；『魔仙』雖強，卻強不過『魔頭』薛狐悲；而『魔姑』據說比他們三人更強，而且，還會施展狐媚之術，使這三大高手都服服貼貼為她做事。而『魔姑』是誰，只知道是年逾半百的女子外，其餘的就不得而知了……跟她交過手的人，無一能夠活命，死狀奇慘……」

無情道：「那她為何要殺世叔您？」

諸葛先生笑道：「我是京城裡四大名捕的『世叔』，她不殺我可要殺誰？」

無情道：「若她親自來殺您，是自取滅亡。」

諸葛先生道：「非也，今晚來的三名刺客，是她聲東擊西之策，因為她目前正在『武林四大名家』之『北城』處，幹那傷天害理的事。」

無情劍眉一揚道：「甚麼事？」

諸葛先生道：「製造『藥人』。」

諸葛先生又道：「不錯。這『魔姑』不但武功詭異，而且是東海劫餘門那一脈門人，擅於用毒，最可怕的是她可用毒物來迷失人之本性，使其失去意志，爲她所奴役，忠心不貳，活著還不如死去，只聽命於『魔姑』一人耳，是爲『藥人』。」

無情冷哂道：「她敢打『北城』的主意！」

諸葛先生道：「她還打算集手下魔徒們攻陷『北城』後，製造『北城』的藥人，再攻打『四大世家』之『東堡』、『南寨』及『西鎮』，非趕盡殺絕不可。」

無情道：「她與『武林四大世家』有何宿怨？」

諸葛先生道：「十年前，此『魔姑』已爲患天下，『武林四大世家』的南寨主、西鎮主、北城主合力圍剿『魔姑』，使其重傷，終被逃去。十年後的今日，『魔姑』自然是非雪此仇不可了。十年前『北城』老城主傷她最重，而今她第一個便是找老城主之子報仇。」

無情道：「『北城』新任城主周白宇，內外兼修，劍法奇精，雖年輕但亦絕不易惹啊！何況還有『東堡』、『西鎮』、『南寨』的人，四家聯手合擊，只怕那『魔姑』、『魔頭』、『魔仙』、『魔神』也討不了好。」

諸葛先生道：「這四大魔王此番出道，揚言要四大魔王取代四大世家，自有一番周詳策略，目下『西鎮』、『南寨』兩家人馬，正在陝西一帶遇上天大麻煩，自顧不暇，『東堡』堡主『金刀無敵』黃天星亦已派出堡中高手赴援，而他自己將會親赴『北城』營救。這四大魔王是算準四大世家各遇奇難，無法聯合，才出擊『北城』的。」

無情道：「那麼，『魔姑』今晚來搏殺我們，爲的是要我們以爲她在京城，刻意迎禦，而不往『北城』營救？」

諸葛先生道：「不錯。她深知我們必會派人援救『北城』的。而且這『四大天魔』作患多端，專持劫精壯男子以供她藥人之用，這件案子，你我職責所在，也非管不可。……她今晚等於是告訴我們，她的人已潛伏在京城，而皇上這幾天之內就要出巡，她可以隨時命人對皇上不利，這樣以牽制我出動之念，使我得隨時留在紫禁城，保護皇上——」

無情冷笑道：「難道她忘了您座下的四大弟子嗎？」

諸葛先生道：「她倒是不會忘記，可是目前冷血、追命、鐵手皆已遠赴陝西，捲入『西鎮』、『南寨』的漩渦中，你雖是我座下最有名的高手，可是行動不便……」

無情道：「別人不知我，世叔定必知曉，我這一雙腿雖已廢了，可是追緝偵查，向未有負重任。」

諸葛先生道：「不錯。我告訴你這些，就是想派你去這一趟。不過這一行十分凶險，你腿雖廢，但輕功佳，浸淫於暗器而疏於學武，這對敵人來說，以爲你腿不便而不知你輕功如此之高，自是防不勝防。但你內力全無，這點也是人所皆知，所以你那最後致人於命的一招，盡可能在萬不得已時才使用。你的深謀遠慮，冷血等亦不能與你相較，只是未能真箇無情，又不能灑然忘情，難免身受其苦。」

無情垂首道：「多謝世叔教誨。既是時機緊逼，我這就出發。」

諸葛先生道：「你若從京道入川，必會在陝西一帶，遇著『東堡』黃天星等人，隨他同行的，還有『逢打必敗』鄺無極，『飛仙』姬搖花，『小天山燕』戚紅菊等人……」

無情的眼睛不禁也有了笑意，「『逢打必敗』鄺無極？這人據說武功不弱，是『東堡』的護堡高手，勇氣十分，膽識過人，忠心耿耿，只是打運不佳，每次都遇上武功比他更高的人，但對方也殺他不死，總是給他逃得性命。他武功越高，遇到的對手偏偏也是武功更高，所以打一次敗一次，聽說出道以來，已敗過一百二十四次，難得的是他雖屢戰屢敗，但毫不氣餒，而且也從不找一些武功遠不如他的人挑戰。……後來也人人敬重他，打敗了他之後，總是不忍殺他，白道中人敬他義勇，黑道中人敬他不怕死……可是素來重男輕女的『大猛龍，金刀無敵』黃天星怎麼會跟姬搖花、戚紅菊等在一起呢？」

諸葛先生道：「姬搖花的兩個同門師弟，據說給『魔姑』等抓去當藥人了；戚紅菊的兄長『千里一點痕』戚三功，也中了『魔姑』的道兒，橫屍雪地，戚紅菊正要找『魔姑』算帳！你知道姬搖花的那一張嘴，黃天星是魯直君子，又怎說得過她！」

無情道：「我明天就出發，想必能在三天內於陝西道上會合黃老堡主等人。」

諸葛先生忽然臉色一沉道；「又來了，這傢伙一直在監視我們。」話未說完，外面的寒夜風聲中，忽然響起一道盡蓋過其他風聲的巨飆，刹那間已至窗前，「颼」地一物自西窗飛打而入。

諸葛先生飛身而起，飛椎自足底擦過，轟然釘入牆內。椎打入牆，索鍊抖直，諸葛先生足尖踮鍊，竟隨鍊飛瀉向窗外去。

那人一擊不中，立時收椎，椎雖收，諸葛先生已至，那人驀然見諸葛先生已在身前，大驚！

諸葛先生手一抓，那人棄椎急退，「嘶」地一聲，諸葛先生在月色下，手上抓著一片紅布，雪衣飄飄，而那紅衣人已閃沒在夜色中。

諸葛先生傲然立了一會，一翻身「細胸穿巧雲」，毫無聲息的已落入房中。

房中無一人，燭光高照，牆上有幾行墨跡未乾的字：

魔姑手下，

二度截殺；

挫其鋒銳，先滅巡使！

諸葛先生在燭光中略有所思，微笑而喃喃道：「無情，你要西往『北城』，自然少不免一番惡鬥，殺了『幽魂索魄椎』，去一大敵，自是甚好。臧其克雙椎成名，我已奪其一椎，尚有一椎也非等閒。你自小有哮喘症，久戰不支，希望這次西戰群魔，平安就好，否則又叫我心怎生得安？」

「幽魂索魄椎」臧其克出道二十五年，跟隨「魔姑」整整一十七年，手上殺戮無數，但在一招間被奪去成名雙椎之一，今晚尚是第一次。

他猶自心寒。因爲他牢記得，諸葛先生隨椎而出時，那一種英華，那一股神采，他是斷不敢攖其鋒銳的，若不是當機立斷，撤椎得快，他就斷斷躲不過那一抓。

可是更令他心寒的是，以他「東方巡使」向以晝沒夜行稱著的輕功，而今竟給人牢牢地釘上了。而且來人輕功又高又怪，彷彿是一飛行的物體，急追半晌後又下沉，在地上一踮又飄在半空，浮沉起落直追而來。

臧其克是聽見幾乎半里外有輕輕按地聲，不斷響起，始不在意，但這聲音竟漸漸近了，離自己不過百丈，難道是那在諸葛先生房中的無腿少年？

臧其克幾乎不敢相信，那少年臉色那麼蒼白，人那麼瘦，連腿也沒生完全，竟能靠一雙手之力，追上了自己？

臧其克心中一動：他聽說諸葛先生座下四大高手，有一名就叫做「無情」，容貌與傳說正吻合。

臧其克忽然停步，嘴邊帶了個惡毒的微笑，既然殺不了諸葛先生，先殺無情，也好向「魔姑」覆命。

何況他最不喜歡被人跟蹤的。

無情的身形忽然在夜色裡、寒風中凍結。

因為他忽然已失去臧其克的蹤跡——那尖銳的、急促的、狂飆般的風聲，已不可聞。

無情略一猶豫，雙手向地一拍，三起三落間，又飛行十數丈，然後第二度僵住。

因為他發覺殺氣侵衣、侵膚，簡直要侵入骨子裡去了。

「幽魂索魄椎」臧其克生平殺人無數，雖未出手，但似無情這等人，早已感覺得出殺氣來。

無情停頓，只見這是一片曠野，他的東南西北四面各有幾棵樹，月色自樹葉間，冷冷灑下來。

臧其克必定就在其中一棵樹上，待機欲動，且一擊必殺！

可是無情不知道對手在那一方向的樹上、那一棵樹上、那一枝椏上！

萬一判斷錯誤，他自知僅憑他的輕功，未必能躲得過那奪命的一椎！

但臧其克是「魔姑」手下四大巡使之一，若他連臧其克也制不住，更遑論要與

「魔姑」決一勝負了。

無情唯有等待。等待那致命的一擊來臨前，先予截殺！

臧其克冷眼看著無情以雙手一按一拍的迫近，他驚訝的是：居然有人廢了雙腿，輕功仍那麼好！江湖中人知道無情年少多謀，暗器無雙，而且善佈製機關，他坐的轎子，如非一流高手，根本靠不近一丈內，就算他貼身的四僮，也武功奇精。

只是他從未聽說過，無情的輕功也這麼好。

他暗暗為無情惋惜，因為他將要脫手的這一椎，就立即要了這少年的命！

他已經從無情的身法中看得出來，無情雖輕功不錯，但內力不足，功力淺薄，斷斷接不下他這一椎的！

更何況他在暗處，敵方在明，只要椎先發，無情便躲不及！

無情畢竟不是武林泰斗諸葛先生！

臧其克暗蓄功力，準備在無情下一次躍起之前，一椎必殺。

他只有這一椎，另一椎已被諸葛先生一招奪去。

就在這一觸即發的刹那，無情忽然停滯下來，全身每一寸每一分都是防衛。

這一停，就再也沒動過；彷彿全身已融在月色中，再也化不開來一般。

難道，難道這少年已知道他隱身此處不成？

臧其克暗中捏了把汗，他平生對手無數，竟從未有一人，像無情給他的威脅這麼大！

究竟他是獵人，還是無情才是獵人？

究竟誰是獵物？

◇◇◇

無情沒有抬頭，但耳朵在聽，十丈以內的一葉落聲，他都可以聽得見，偏偏聽不見臧其克的呼息聲。

而他自己的呼息卻慢慢急速了，緊張對一個功力不深的來說，是最大的壓力。

可是無情的外表很冷靜，月色西垂，已過四更，無情知道不能枯候下去。他在明處，而敵手在暗處，除非他使敵手也在明處。

敵手當然不會自動地走出來，但只要他發出任何聲響，無情便能確定他在那裡了。

無情忽然冷冷地道：「『幽魂索魄椎』名動江湖，今晚我只見其幽魂本色，不見其索魄本事！」

曠野無聲，連一片葉子也未曾落下。

無情冷冷道：「『魔姑』座下的『四大巡使』也不過如此，我看『魔姑』也不過虛有其名罷了。」

樹無聲，冷月斜照。

無情繼續道：「不過我看南方、西方、北方巡使，不至於像這位東方巡使那麼畏首藏尾，只怕丟人現眼了。」

依舊是一無聲息。無情額上有微汗。

無情笑道：「臧其克，你既沒有膽量，少爺我可要走了。」

乍然急風陡起！

急風來自東面三棵大樹中央的一棵上，不起則已，一起破空劃出，尖銳、急迅、勢不可擋，正是奪命飛椎！

無情本面向西南，風甫起，他的手已向東面急揮！

手一揮出，臉已向東，只見飛椎破空而來，他真的避不了。

可是他手揮出的同時，白光一閃！跟著慘呼響起，飛椎中途軟落，離無情身前不過尺半。

「噗」地一人自樹上跌下，一身紅衣，但胸前更紅，血紅！

一尺長的利刃，薄而細，完全沒入臧其克的胸口。

只有這麼長的刀，才能即時擊潰臧其克的功力！

臧其克倒下，充滿不信與絕望。他在地上勉力抬目，只見白衣少年無情冷然的貼近他，把飛椎輕輕放在他身側，問道：「你有甚麼話要說？」

臧其克痛苦地望望胸前的刀，無情會意，拔出利刃，鮮血飛噴，只聽臧其克嘶聲道：「『魔姑』會爲我報仇的——」

無情淡淡的點了一點頭；臧其克的嘶聲在寒夜中斷。無情仰望長空，他知道有更遙遠更艱難的路要走。

一　戰魔神

陝西道上，烈日當空。一列行人，在小道上艱辛地走著，一共是十六匹快馬。

首先的一匹馬上坐著的是一名虬髯大漢，手持一面大旗，大旗上繡有一條金龍，龍爪上抓著一柄大刀，刀上刻有「黃」字，正是「東堡」撼天堡堡主黃天星的旗幟。

這大旗之後有兩個人，各據一匹高大神駿的馬，左邊的人年已花甲，但神采凜然，白髯如戟，不怒而威；右邊的人短小精悍，肌賁如鐵，虬髯滿臉，目不斜視，右手則持著一枝丈八長戟，看來怕有五十斤以上。

那年近花甲的老者背後，尚有一匹馬緊隨，馬上一青僮，這青僮甚麼也沒有，只在右手小心翼翼的捧著一大柄大刀，看來也不止七十斤重。

左邊的這人正是「大猛龍、金刀無敵」黃天星，右邊的是「東堡」副堡主「逢打必敗」鄺無極。

青僮背後有兩個人，兩位婦人，衣飾一紅一黃，極是奪目。右邊的婦人，身著淡黃勁衣，目光流盼，風情而不妖冶，舉手投足間俱有三分嬌美，五分慵懶，二分嫵媚與一分英挺。左邊的婦人，比右邊的婦人還要年輕一些，約莫二十六歲，一身紅衣勁裝，劍眉緊蹙，薄唇緊抿，鬢上一朵披孝用的白花，有一種淡薄如冰霜的殺氣。後面有四名紅衣女子，背負長劍，緊隨其後。

右邊的婦人，正是江湖上人稱神出鬼沒但美若天仙的「飛仙」姬搖花，左邊的卻是使武林中人又愛又畏的「小天山燕」戚紅菊。

除先行的壯丁及青僮，與黃天星、鄺無極、姬搖花、戚紅菊與四名侍女外，後面還有六名黃衣大漢，各配帶不同的兵器，精壯勇悍，騎在馬上，英武生風。正是「東堡」的六名護院高手：「過關刀」尤疾，「錢塘蛟龍」游敬堂，「暗器漫天」姚一江，「過山步」馬六甲，「雷電錘」李開山，「碎碑手」魯萬乘。

這一行十六人，出現於西川道上之右棧道，經大散關，再至褒城，繞劍門，出鳳翔，入留壩縣，紫柏山上，便是「北城」舞陽城了。

「東堡」撼天堡與「北城」舞陽城是三代世交，而今「北城」有難，「東堡」自是全力出動趕赴拯救。

寶雞鎮在望。「逢打必敗」鄺無極抹了把汗，罵道：「媽拉巴子，這種天氣硬是要命，日寒夜凍的，護那聖僧三藏赴西天之行也不曾這樣熬煉法！」

黃天星年紀雖老，但精力充沛，朗聲笑道：「這種天氣，還難不倒咱哥兒倆，記得咱們曾赴黑龍江混過，西藏盆谷熬過，還不是活生生的把敵人的首級帶了回來！」

後面的青僮忽然小聲叫道：「老爺，老爺。」

黃天星興致方高，好不耐煩地應道：「甚麼事？」

青僮悄聲道：「您老人家當然不累，可是後面的六位姐兒們……她們可沒老爺的功力呀！」

黃天星愕了一愕，才歎道：「真麻煩，真麻煩，跟娘兒們一道走，總是麻煩得緊！」

鄺無極道：「不如到了寶雞鎮，就打發她們走。」

黃天星搖首道：「打發她們？二弟，不容易哪，這兩個娘兒的嘴，可尖厲得很，一個說我不夠江湖道義，一個說我瞧不起巾幗英雄，這個罪名，我可擔待不起！」

忽然一陣蹄聲，只見姬搖花與戚紅菊雙雙策馬奔近，姬搖花笑道：「黃老英雄，怎麼啦？大熱天，你老嘀咕些甚麼？」

黃天星勉強地說道：「沒甚麼，沒甚麼。」

戚紅菊冷冷地道：「我們不必休息，只要黃堡主主張趕路，我們就趕路，我們累不著別人的麻煩。」

酈無極笑逐顏開地道：「這樣最好，這樣最好。」

戚紅菊冷冷地瞪他一眼，便與姬搖花落到後面去了。

酈無極滿不是味道，向黃天星道：「大哥，這女人可不近人情得很。」

黃天星道：「老二，這戚紅菊的兄長『千里一點痕』戚三功在三個月前死於『魔姑』之手，聽說拿去製藥人去了，七天前，她的丈夫『凌霄飛刀手』巫賜雄也慘死於『魔姑』手下，她與巫賜雄的感情雖壞透了，但畢竟他們是結髮夫妻啊，心情壞是難免的——咱們少惹她。」

鄺無極正想說話，忽然破空急嘯，一物直射黃天星。

黃天星翻手按住，座下白騎長嘶倒退，黃天星卻在鞍上紋風不動。

鄺無極反手抄起丈八長戟，飛上小丘，怒叱一聲，宛若焦雷：「滾出來！」

姬搖花與戚紅菊皆雙雙策騎到了黃天星身側，只見黃天星臉色凝重的招招手，鄺無極立即下來，黃天星手上夾著一支箭，箭頭攤著一張皺紙，紙上書有血字！

順我者昌
逆我者亡
一入寶雞
永不超生

具名「淳于」二字，旁邊又有四道閃電的構圖。

姬搖花變色道：「是『魔神』淳于洋！」

戚紅菊冷冷地道：「還有他身邊的四大護衛『行雷閃電、四大惡神』！」

鄺無極忍不住道：「兩位若是害怕，現在折回去還來得及，我請馬護院、魯護院相送。」

戚紅菊冷冷地盯住他，道：「鄺副堡主，希望你以後莫要說這種話，否則，恕戚紅菊要先與你較量一場！」

鄺無極心中也有氣，仰天長笑道：「我是爲妳好！好！如果要打架，我鄺無極怕過誰來！」

黃天星沉聲道：「大敵當前，兩位還要自擾人心，是跟我黃天星過不去麼！」

姬搖花柔聲道：「『魔神』雖是『四大天魔』中武功較弱的一個，但其力大能開碑碎石，其功深不可測，他手下『四大惡神』也是不弱，現下黃老英雄有何打算？」

黃天星道：「打算？我們今晚就在寶雞鎭住下來，以逸待勞，結網捕魚，反正遲早都有一戰，不如先在此逐個擊破！」

「東堡」飲譽江湖，名列「武林四大名家」之首，自然是名不虛傳，走慣江湖。他們在鎭中最大的一家客棧住下來，人未進店，已把店中前後左右的情勢打量得一清二楚，人未入房，全店自掌櫃到夥計及至房客，俱已有了個關照，行李尚未放好，各方的防衛佈置已安排妥當；不管是飲食起居，都由「東堡」的人親自監督。

這都只爲了確定了一件事，就算有人想在茶裡下毒，也要他立時血濺五步。

黃天星早已遣人發下銀子，請店中客人另投他店，並發下銀子以安店家之心，萬一有什麼事，他們也絕不會冒然出來，以免造成混亂情況。

入夜，靜無聲，寶雞鎭的人都習慣早眠。

這「平安客棧」裡卻燈火通明。衙門的公差早都聞訊來過，但知道「東堡」堡主黃天星已在此，便都沒有他們插手的份了。

這小鎮裡的二、三十名公差，只怕還拿不下「東堡」的一名護院高手，除非是請縣衙門的捕快，但那最快也是三天後的事，何況黃天星飲譽江湖，鎮長只望一切平安，切莫把事情鬧得不可收拾就好。

◇◇◇

黃天星、鄺無極、姬搖花、戚紅菊四人同坐一桌，桌上有酒有菜，但他們卻吃的很少，黃天星與鄺無極正在縱論江湖滄桑史，姬搖花與戚紅菊卻在細細的談、輕輕的笑。

外面天色陰暗，風雨欲來。

鄺無極打開窗子，只覺風寒且陟，酒意爲之一醒，招一招手，屋脊上立時冒出一人，腰插長刀，正是「過關刀」尤疾。

鄺無極道：「風聲？」

尤疾道：「全無。」

鄺無極點了點頭，尤疾又隱沒在黑暗中。

鄺無極回過身來，關上了窗，只覺外頭風更急了。

戚紅菊冷冷地道：「只怕這廝不敢來了。」

姬搖花肯定而溫柔地搖首道：「不可能，『四大天魔』膽大包天，雖對我們有三分忌諱，卻還不見得會怕了我們。」

外面「轟隆」一聲，電光閃過，灰暗的天光一閃而沒，室內燭光急搖。

黃天星忙用寬厚的手掌遮著燭光，鄺無極亦覺心頭沉重，勉強笑道：「行雷閃電，正是個絕妙的殺人夜！」

黃天星沒有笑，卻沉重地道：「二弟，你再到外頭看看，剛才那陣雷，我感覺到還有甚麼似的！」

鄺無極應了一聲，又打開窗，招了招手。

窗外漫空雨絲，暴雨臨前，漆黑的屋脊上，甚麼動靜也沒有。

鄺無極臉色一變，急聲叫道：「尤護院！」

沒有半聲回應。鄭無極立時竄了出去，也幾乎立時看到，屋脊上有一具屍首，手上長刀已拔出，但胸前背後，身左身右，俱有一道大裂口，似在同時間受到四面雷殛，正是「過關刀」尤疾。

黃天星、姬搖花、戚紅菊也立時到了屋脊上。

風急雨急，漫空都是風雨聲疾。

黃天星揚聲道：「有敵來犯，大家集合！」

聲音滾滾地壓過了風雨之聲，傳了開去。

而在同時，兩件事幾乎一齊發生。

「蓬」地一聲，房裡忽然火焰冒昇，火光又青又藍，沖天而起。

店內院子響起一陣乒乒乓乓的兵器碰擊之聲，似有極尖細的兵器與極沉重的武器在交手。

緊接著兩件事也同時發生，屋沿四面出現七個人，手持兵器，正是五名護院，以及持旗大漢與捧刀青僮。

隨著房中火焰高漲，一人在烈焰中若穩若現的步出，身高八尺，全身猶著龍麟，雙目都是邪殺之氣，桀桀狂笑，站在屋簷上，得意至極。

戚紅菊側耳一聽，疾道：「梅、蘭、菊、竹正與『四大惡神』拚鬥！」立時如一飛燕，直冒過風雨，掠入後院裡去。

黃天星人立於屋頂上，鬚髮翻飛，瞳孔收縮，道：「『四大天魔』：『魔神』淳于洋？」

那怪人桀桀笑道：「不錯，我既已現身，你們要退也來不及了。」

「錢塘蛟龍」游敬堂叱道：「我們來此，爲的就是取你狗命，怎會退身！」

「雷電錘」李開山大喝道：「還我尤六弟命來。」人隨聲上，劈空雙錘擊出，錘聲居然蓋過風聲，直壓「魔神」淳于洋！

「雷電錘」直壓淳于洋，可是誰也壓不倒淳于洋！

李開山施展起雷電錘，確有開山雷電之勢，可惜淳于洋本身就是雷電！

淳于洋長身而起，宛若一頭怪鳥，手中多了一柄漆黑的丈八長矛，已迎上雷電錘！

「砰！」地一聲，雷電錘與鋼矛碰擊，星花四濺，雷電錘上已多了一道缺口，長矛乘機直戳李開山的心口！

長矛來勢又快又猛，李開山無從招架，又退避不及，眼看就要喪命，忽然有人抓住了長矛，這人的手就像魚一般滑，卻牢牢地扣住了長矛！

淳于洋冷笑，把長矛一掄，足足掄起丈八高！

「錢塘蛟龍」游敬堂雖然又滑又精，卻是受不住這一掄，立時被掄了出去。

淳于洋大鵬展翅，長矛半空插戳游敬堂。

「錢塘蛟龍」游敬堂人在半空，無從著力，眼看就要喪命，一人撲空而來，一腳踢去，竟踢歪了鋼矛的準頭，正是「過山步」馬六甲！

淳于洋的左手立時伸了出去。

這一伸手，竟比閃電還快，已扣住了馬六甲的咽喉。

淳于洋馬上要發力，但他的手卻給一人反搭扣住，這人力量奇巨，竟制住了他的運力，正是「碎碑手」魯萬乘！

淳于洋頓也不頓，連環腳掃出，魯萬乘全力抵擋淳于洋的左手奇勁，不料一足掃來，立時摔倒！

淳于洋的左手隨勢壓下，眼看就要擊碎魯萬乘的天靈蓋，忽然暗器四射，五枚透骨釘直向淳于洋五大要穴飛了過來，正是「暗器漫天」姚一江。

淳于洋只得易掌反拍，五枚透骨釘俱被擊落！

淳于洋右手的丈八長矛往下一扎！

中途有人長戟一格，暗夜中星花四迸，淳于洋只覺手中一震，長矛竟被格回，淳于洋自恃神力無敵，不料竟有人可以格住他的長矛，大喝一聲，又一矛戳出！

對方也毫不示弱，一敦攻來，兩人一矛一戟，硬接三招，碰擊之聲大作，二人寸步未退，而足下屋瓦已抵受不住，「轟隆」一聲，翻坍下去。

淳于洋目下面對的敵手，正是「逢打必敗」鄺無極！

鄺無極與淳于洋身子一沉落下屋去，那五名護院也躍了下去。

李開山、游敬堂、馬六甲、魯萬乘、姚一江等五人，在江湖上也非無名之輩，但五人合擊淳于洋，幾乎均一招送命，不由得不心驚。

可是「東堡」的人，從來就不會因恐懼而臨陣退縮的。

他們五人一躍下去，屋內的戰局也有了分曉。淳于洋與鄺無極交手十一招，砂塵滾滾，風雨侵入，淳于洋與鄺無極皆愈戰愈勇，但鄺無極虎口已震裂。

只要再打下去十一招，鄺無極就要敗上第一百二十五次了。

黃天星兀然站立於塵沙之中，沉聲道：「刀來，讓我一會『魔神』！」

那青僮「嗯」了一聲，送刀前來，黃天星拔刀而出，金光四射，耀芒刺目，黃天星龍吟嘯道：「吃我一刀！」

「魔神」淳于洋也為其聲勢所震，回身以長矛一架，「砰」地一聲，星光再迸，黃天星震出八步，沉馬穩身，淵停嶽峙；淳于洋半步未退，但長矛上已有了一道缺口，兩人臉色俱為之一變。

淳于洋一上來以為可以以一敵眾，不費吹灰之力而把諸人搏殺，不料竟殺不了那五名護院，卻遇上鄺無極鬥了一陣，而今與黃天星拚這一招，便知對方應是一名好手，勝之十分不易。

可是淳于洋縱橫江湖，沒有甚麼人他會看在眼內，於是他長矛一拖，橫掃黃天星！

黃天星刀光一展，反撲了過去。

姬搖花在一旁向那五名護院道：「我們要遇的敵手還多，不宜耗損人力，而且對付這種狂魔，不必顧到甚麼江湖道義，待會兒黃老堡主稍有不支，咱們一道上去，斃了淳于洋！」

那五名護院本來就對姬搖花的印象極好，又吃過淳于洋的虧，忙唯唯諾諾點頭稱是。酈無極道：「戚女俠到甚麼地方去了！」

姬搖花道：「她大概是去助那四名婢女力戰『四大惡神』吧！希望平安就好。」

◇◇◇

任誰與「魔神」手下的「四大惡神」交手，都很難平安無事的，而且不可能平安無事。

戚紅菊身段如燕，身輕如燕，身快如燕，可是衝到後院時，情形已十萬火急。

「四大惡神」身著緊身黑色水靠，手持雷電閃，梅劍、竹劍在苦苦支撐，蘭劍、菊劍皆已負傷。

戚紅菊嬌叱一聲，手一揚，射出七枚飛燕鏢，長劍一震，急刺一名惡神。

「行雷閃電」四人互覷一眼，一名惡神以雷電閃炸開飛燕鏢，反迎了上來，另一名回身一架，架住了戚紅菊的劍勢。

就在這一架的同時，戚紅菊手中的一劍，忽然變成了兩劍，劍頭分叉，宛若燕尾，這名惡神大驚，但已閃避不及，劍刺入腹。

這惡神慘叫一聲，怒叱道：「妳這婆娘——」

戚紅菊手中已擲出三枚飛燕鏢，全打入他的口中，這惡神的聲音立時中斷。

戚紅菊正要拔劍，但那名反迎上的惡神已到，雷電閃「轟隆」一聲，劈了過來。

戚紅菊當機立斷，立時棄劍，「燕子三抄水」，避過一擊！

這邊的蘭劍與菊劍，也已負傷加上戰團，與梅劍、竹劍，合戰兩大惡神。

這邊的戚紅菊雖殺去一名大敵，但手下也沒了劍，仗著輕功與飛燕鏢，與一名惡神周旋。

◇◇◇◇◇◇◇

淳于洋、黃天星已打到三十四回合，兩人愈戰愈酣，黃天星金刀縱橫，旋刀飛砍，勢不可擋，當真猶如龍遊於天；可是淳于洋宛若神魔，狂飆迭起，力大無窮，黃天星也戰之不下。

淳于洋沒料到這群人中有一個黃天星武功竟如此之高，他久戰不下，見「四大惡神」又聲息全無，心中不免浮躁，大喝一聲，只見長矛一盪接一盪，如巨大的漩渦，四面八方地把黃天星包圍！

黃天星猶如猛龍出洞，不顧一切，持刀往漩渦中心猛劈，全力砍刺。

「砰！」兩件重兵器又撞在一起，兩條人影陡分，各退八步，身子搖晃不已。

就在此同時，姬搖花嬌呼一聲，道：「上！」

七、八件暗器，同時打向淳于洋。淳于洋一聲暴喝，暗器打在身上，皆反彈了回去，姚一江忙個不迭。

可是在這刹那間，魯萬乘的「碎碑手」，已鉗制住「魔神」淳于洋雙手，「過山步」馬六甲挾制住淳于洋的雙腿，淳于洋運力猛掙，但游敬堂卻似魚一般地揑制著他的穴道，李開山卻一錘劈了下來。

淳于洋大怒，卻掙扎不開，李開山的雷電錘正敲在淳于洋的額上。雷電錘震飛，淳于洋頭破血流，同時發出一聲驚天動地的虎吼！這一聲大吼，響亮甚於巨雷之鳴，眾人被震得金星亂冒。

淳于洋一掄一轉，把游敬堂、馬六甲、魯萬乘都摔了出去，左手一拳打出，擊碎了李開山的頭！

可是在這一瞬間，鄺無極已衝入，丈八長戟，全刺入淳于洋腹中，自腰脊穿了出去。

淳于洋慘吼，右手力握長戟，鄺無極拔之不出，淳于洋右手長矛已到，眼看鄺無極亦不能倖免時，忽然一條絲緞已捲住了長矛，長矛鋒頭刺歪，鄺無極趁機棄戟就地一滾，躍出丈外。

飛絮救人是姬搖花，這時天上一個雷電，映照著滿身浴血的淳于洋，淳于洋雙眼望著姬搖花，目眥盡裂，嘶聲叫道：「妳——」

這時那青僮與持旗壯漢亦已撲上，青僮手中短劍，壯漢掌中巨斧，皆打入淳于洋背上，淳于洋搖晃了一陣，終於倒在泥塵中。

天空又一陣行雷閃電，黃天星呼息急促，走近了來，看清淳于洋已死，歎道：「這『魔神』果然厲害——我們去看戚女俠去！」

◇◇◇

那名惡神窮追戚紅菊，開始仗著巨力，十分威猛，但慢慢輕功不敵戚紅菊，鬥得累了，又得刻意防範戚紅菊的飛鏢，漸覺力不從心。

四婢力戰二惡，仍險象環生，但比起適才以一戰一，已不知輕鬆了多少倍！

正在這時，淳于洋的第一聲慘叫傳來，三惡臉色倏然一變，戚紅菊一俯身，劍已拔在手，一連十八劍，把這名惡神逼得手忙腳亂，忽然一轉身，劍已刺入另一名力戰四婢的惡神的背脊！

這名惡神慘叫一聲，負痛返身，竹劍長劍一捲，已砍下他的頭顱。

剩下的兩名惡神相顧失色，這時又傳來淳于洋的第二聲慘吼，兩人更是慌亂，戚紅菊以分叉劍鉗住了雷電閃，那惡神見奪不過來，撒手就逃。

這惡神一掠而上屋頂，戚紅菊的三枚飛燕鏢齊齊釘入他的背脊，這惡神晃了幾晃，終於滾了下來。

這邊剩下的一名惡神嚇得魂飛魄散，雷電閃幾招狠著，逼退四婢，趁戚紅菊未回過身來，已掠上屋頂，正欲落荒而逃，忽然屋頂上出現一人。

一個目光炯炯有神、眉鬢皆白的金刀老人。

「看刀！」

暗夜中刀光一閃，這惡神正在心慌意亂，剛脫四婢之圍而出，又懼戚紅菊之飛鏢，黃天星這一刀橫斫，忙用雷電閃一擋，「噹啷」一聲，雷電閃竟被一刀斫斷，這惡神也被斬為兩段！

這時傾盆大雨而下。院中擺著六具屍首，血水被沖流成殷紅一片。

鄺無極看看屍首，沉聲道：「這一役我們犧牲了尤護院與李護院二人，但卻殺了『魔神』淳于洋及『四大惡神』，我們這一場惡戰算是慘勝了！」

黃天星沉重地道：「這『四大天魔』確是名不虛傳，若他們一齊來犯，我們就算是再多三倍的人，也未必抵擋得住。」

戚紅菊冷冷地道：「他們一上來就落了單，給我們放倒了第一批，這是他們失算了，因為他們要圍攻『北城』，便決不可能全部出動來對付我們，只要這三大天魔是分頭行事，我們就能逐個擊破！」

姬搖花柔聲道：「據悉這『四大天魔』，『姑、頭、仙、神』中以『魔神』武功最弱，其他的武功，一個比一個高，我們還是小心的好。」

雨水連綿，但仍沖不去各人心頭上的隱憂。

大晴天，依然是烈日當空。

黃天星這一行人，已出了寶雞，沿右棧道乃經大散關入川，右棧道是三國時魏蜀必爭之地，大散關以險著稱，魏蜀二國曾在此地爭戰數十年，人民塗炭。關內奇岩異石，峻險莫及，陸游的詩亦曾有：「鐵馬秋風大散關」之句，大散關距和尙原很近，又曾是秦蜀咽喉之地，山勢迂迴而險阻。

黃天星是數十年的老江湖，行到此處，已打起十二分精神戒備，兩旁險壁夾道，黃天星心內憂忡，行了差不多半天，鄺無極上前悄聲道：「大哥，在這一帶行走，不宜過分疲憊，不如找個安全處，歇息一會再說。」

黃天星點了點頭，率諸人找了個陰涼處歇腳，持旗壯漢在分配乾糧，其他的護院都在搧涼驅熱，姬搖花與戚紅菊低聲說話，青僮悄悄到一處岩石後小解。

壯漢分好了糧食，卻見青僮還沒有回來，叫了幾聲，沒有回應，笑罵著走過去道：「小兔崽子，別人吃東西你卻拉屎，德性——啊！」這時壯漢已走到岩石後，忽話語中斷，變成一聲驚呼！

聲呼響起的同時，黃天星、鄺無極、姬搖花、戚紅菊四人已到了岩石後，同時看見岩石後倒著那青僮，褲襠掀開，嘴巴張開，似要叫喊，但咽喉已給人即時捏碎！

敵人竟然這麼狠，連一個小孩也不放過！

更可怕的是，敵人竟已潛身到了如許之近，殺人之後安然離開，眾人竟然毫無所覺。

這青僮武功雖不如護院高，可是也不是泛泛之輩，武功曾得黃天星的親自指點，現在卻了無聲息、一點反抗力也沒有的遭到了毒手。

姬搖花仔細觀察青僮碎裂的喉骨，半晌才道：「是『魔仙』雷小屈下的手，這是他仗以成名的『大還神仙手』，江湖人背地裡叫『閻王鬼爪』。」

黃天星怒道：「他既已來了，何不現身，咱們來一決雄雌！」

姬搖花沉著地道：「這雷小屈武功很高，又足智多謀，他手下『索命仙童』四人，武功亦在『四大惡神』之上，黃老英雄千萬要小心。」

話說至此，忽聞一陣「叮鈴兒鈴鈴，叮葛兒鈴兒鈴」的響聲，一人從棧道上灑步行來，頭戴白帽，身態頎長，下頦三撮長鬚，劍眉星目，一身白衣黑褲，十分道骨仙風，手裡還抓住枝竹竿，竹竿上有白布，白布上書著：

一笑人間事

非我莫神仙

看來是個走江湖的郎中！

鄺無極舒了一口氣，不耐煩的走了開去。

這仙風道骨的郎中卻似十分好奇，一面行走，一面瀏覽眾人，忽然住足向鄺無極歎道：「嘟嘟嘟，嘟嘟嘟，先生相貌堂堂，定必貴人，背厚腹圓，福壽多孫，嘟嘟嘟，只是——」

鄺無極才沒那麼好氣，皺眉道：「去去去，我不看相——」正待繞過去，忽聽這郎中道：「只是，印堂發黑，眉心顯赤，天黑之前，必見血光——」

鄺無極一反身，臉對這郎中。這郎中瞇著眼睛笑道：「大爺，在下莫神仙，走遍三江四海，靈過神仙，大爺要不要看個相，只一吊錢……」

鄺無極望了望黃天星，黃天星緩緩點了點頭，那四名護院與壯漢也圍了上來，郎中笑嘻嘻地道：「慢慢來，誰都不急，誰都有得看……」伸手向鄺無極臉上比了比，笑道：「大爺額頭高而明，不懼邪魔——」又搖向鄺無極下頦點了點，臉色一沉，歎道：「可惜後天未能留福，殺氣太重，讓我看看人和如何……」

一面伸手在鄺無極雙頰指指點點，就在同時，鄺無極忽然望見郎中滿是笑意的臉上，瞇著的眼睛精明機靈，卻一點笑意也沒有。

鄺無極心中一凜，向後一縮！

同時間，這郎中的手已「颼」地戳了過來，竟比飛矢還快！

鄺無極避得雖快，郎中的手卻更快，已捏住了他的咽喉。

鄺無極咽喉一被捏，猶如被鋼箍夾住，全身無力，拚死運功掙扎！

在這電光火石的剎那間，這郎中右手的白旗，連竹帶帛，竟全刺入「過山步」

馬六甲的腹中去！

魯萬乘、游敬堂、姚一江紛紛大驚，正欲拔出武器，但這郎中已快得像一頭獍豹，雙足連環踢出，魯萬乘、游敬堂俱被踢飛，姚一江善於暗器，但副堡主被制，唯恐誤傷，苦不敢發！

幾乎在同一刹那，這郎中腰間的金鈴亦突然飛出，擊中那舉斧欲劈的壯漢的天靈蓋上，那漢子慘叫一聲，撞出七、八步，摔下萬丈深崖去！

只聽「虎」地一聲，黃天星的金刀在烈陽下捲起千堆光芒，直向郎中的手腕砍劈！

郎中大聲道：「好！」

手一縮，同時如飛雁掠起，避過戚紅菊背後一記分叉劍，左穿右插，避過梅、蘭、菊、竹四劍，一伏身，躲開姬搖花的飛絮；三起三落，閃過三枚飛燕鏢，衣袖一揮，捲開姚一江的鋼鏢，猶如飛矢一般地逸出三丈開外！

這等艱難而險死還生的輕功，由這郎中施展開來，真個飄然若仙，魯萬乘、游敬堂脫口齊聲叫道：「『魔仙』！」

只聽郎中在遠遠大笑道：「在下雷小屈！」

黃天星扶著鄺無極，臉色如鐵，喝道：「追！」

◇◇◇

鄺無極到現在仍覺呼吸困難，因他咽喉上多了五個黑印，只要黃天星的刀再遲落片刻，他頸上的瘀血就要變成狂噴的鮮血。

若不是在雷小屈的爪下逃生，誰也感覺不出死神離自己有多近，近得像就貼在頸上，以代自己呼吸！

鄺無極腳步踉蹌，但仍急起直追，步程仍不落游敬堂等人之後，而今已敗了第一百二十六次，但還未聽說他怕過誰來。

前面的黃天星、姬搖花、戚紅菊幾乎三人一道，戚紅菊似一隻翩翩而翔的燕子，姬搖花卻似隨風飛飄，腳程絕不下於戚紅菊。

黃天星的輕功不如姬搖花與戚紅菊，但尤其在比襯之下，黃天星深厚的內力，就更是難得；黃天星是提著一口真氣飛行的，時間愈久，步程愈快。

可是「魔仙」雷小屈仍一直在前面，飄飄欲仙，不時還發出輕鬆已極的笑聲。這些人，就在右棧道上追行，在兩壁的巨石奇岩下狠命追蹤，不覺已從大散關追到劍門關。劍門關夙有「天險」之譽。李白詩云：「劍門崢嶸而崔嵬」，一夫當關，萬夫莫敵。三國時代，交通險阻，蜀魏之爭數十年，戰痕處處。左邊是峭壁數十丈，右邊是千丈懸崖，棧道羊腸，十分凶險。

姬搖花心中一動，向黃天星悄聲說道：「此人輕功高絕，不戰而逃，只怕其中有詐！」

黃天星猛穩住身形，只見雷小屈的白影已穿過劍門關，黃天星審顧形勢，不禁一悚，猛吸一口氣喝道：「窮寇莫追！」

眾人剛剛停下，「魔仙」已從疾飛中陡停，反身攔於劍門隘口，瀟灑俐落，驀然仰天長笑。

二　殺魔仙

「魔仙」長笑甫起，左邊山壁隱有雷動之聲，黃天星臉色突變，這時鄺無極諸人正彎過山峽，黃天星春雷暴喝：「快退！」只見沙塵滾滾，巨石翻下，已退不及，鄺無極等向前急衝，七、八塊巨石，盡皆打在來路的棧道上，把退路封死。

黃天星仰首一望，只見壁上隱然有四道人影，正用力將大石推落；這些巨石本就懸佈在山崖邊上，若稍一用力，即可向下墜落。這些巨石，起碼在三百斤以上，無論功力多高，一撞之下，必成肉醬，棧道路窄，閃避不易，且每落下一石，棧道上的路又毀卻幾分，萬一閃得不好，就要往右邊深崖落下去。

黃天星一見情勢，情知唯一去路便是劍門關隘道，大喝道：「衝！」

金刀撩起一陣奪目金光，直衝劍門。

「魔仙」雷小屈含笑屹立於劍門上，倏然出手！

黃天星欲過劍門隘口，但棧道上泥土十分鬆陷，稍一錯步便是懸崖，要衝過劍門，必須從雷小屈頂上飛過。

「魔仙」就在此時出手！

黃天星金刀下砍，雷小屈一伏，已到了黃天星腹下。

黃天星人在半空，功力大打折扣，全身空門大開！

雷小屈五指如鋼，直插黃天星心口。

黃天星猛一吸氣，硬生生上昇半尺。

雷小屈一探手，仍抓中黃天星腰帶，運力一掄，把黃天星摔向右邊山崖去！

黃天星虎吼一聲，施展「千斤墜」往下沉，無奈已衝出山沿，往崖下沉去！

鄺無極手中丈八長戟及時一攔，托住黃天星，黃天星左手一抓，整個人就掛在長戟上，鄺無極抽回長戟，黃天星安然落地，但所有人已驚出一身冷汗。

雷小屈也不追施殺手，只微笑守在劍門隘口，他一招便差點要了黃天星的命，別的人再也不敢作冒死衝隘口的嘗試；何況這隘口只能一人當道，要衝過去也只能一個人衝，誰也不認為在這情勢極端不利的情勢下能衝得過雷小屈的十指。

只聽「轟隆轟隆」，又有巨石滾下，雷小屈笑道：「這是我的『索命四仙童』之禮物，你們收下吧！」

戚紅菊嬌叱道：「雷小屈，你有種的就過來一決勝負，用此等卑污手法暗算人，算甚麼英雄！」

雷小屈仰天長笑道：「只要能勝，便是英雄，管他用甚麼手法。」

巨石已擊下，雷小屈人在隘口下，仗著天險，隘口上有奇岩擋著，反而無事，黃天星等人在棧道上，左閃右避，十分凶險！

一輪落石過去後，棧道上已落石橫堆，簡直寸步難移，姬搖花及鄺無極、竹劍、蘭劍四人，被巨石隔開丈餘遠。黃天星、戚紅菊及菊劍、梅劍和三名護院，尚在隘口上與雷小屈對峙著。

雷小屈大笑，道：「孩兒們，再來一次！」

一陣雷動，又有巨石翻下，眾人又手忙腳亂的閃躲，四婢身形纖細，較有閃躲的機會，「碎碑手」魯萬乘身形魁巨，閃動不靈，終於捱了一記巨石，噴血而倒，又有一顆巨石打下，把他壓在下面，立時身亡。

戚紅菊趁巨石落下，煙騰塵翻之際，陡打出三枚飛燕鏢，直闖入劍門隘口。

同時間，游敬堂也閃身掠去，他寧願與雷小屈一拚，也不願像魯萬乘一樣在死在岩石下！

戚紅菊三鏢一出，雷小屈便已避過，戚紅菊衝出隘口，雷小屈已在她面前。

戚紅菊一劍刺出，雷小屈一反手，已抓住她的劍。

戚紅菊心中一凜，情知衝不過去，當機立斷，毅然撤劍，倒飛出隘口。

只聽雷小屈笑道：「好！聰明！」

接著下來一聲慘叫，「錢塘蛟龍」游敬堂的身子「呼」地飛出了懸崖，心胸上插著戚紅菊適才撤手的分叉劍，落下深谷裡去。

一陣死寂。這一輪滾石又告一段落。

雷小屈仍守在隘口上。一夫當關，萬夫莫敵。

黃天星眼睛也紅了，向戚紅菊道：「待會兒我去拚了，擋他一陣，妳們趁機衝過去，不要管我，妳們非其所敵。」

戚紅菊冷然道：「你若拚了，我們得脫，那還有價值；萬一你白白犧牲，這裡的人，更加逃不出去！」

雷小屈大笑道：「孩子們，再來第三趟硬饃饃！」

巨石又「轟轟」推下，眾人左閃右避，菊劍本已為「四大惡神」所傷，所以避得十分吃力，不知不覺已貼近隘口，猛然省覺，便已遲了，雷小屈出手如迅雷，已抓碎了她的咽喉。

又一陣死寂，只有棧道上石灰簌簌脫落。

棧道上已幾無立椎之地，只要再多一輪落石，黃天星諸人就非喪生於劍門關上不可了。

黃天星沉聲向姚一江道：「無論如何，我們都得一拚，好過坐以待斃，待一會兒你發射暗器，我衝過去，戚女俠也請全力施為！」

姚一江道：「是。」

戚紅菊歎道：「好吧。」

就在這時，崖壁上忽然有異動。

黃天星抬目望去，只見崖上的四個人都停了手，卻又出現四個青衣人，遠遠看去，好像只是四個童子，肩上抬著一頂轎子，轎子有誰，可不分曉。

只見那身著紫衣的「索命四仙童」圍了上去，彷彿還說了幾句話，然後四名紫衣人中的一名，忽然軟倒了下來。

隨後另一名紫衣人，長身而起，在烈陽下高處，輕巧地一波三折，眼看就要衝入轎裡，驀然身子在半空一挺，直摔下崖來，經過棧道，慘呼落下深谷裡去！這瞬間仍可見到這「仙童」胸前插有三支藍殷殷的羽箭！

沒有人知道崖上究竟發生了甚麼事，沒有人知道轎子裡的是誰，但轎子裡要是有人的話，那麼一出手間便放倒了兩名「索命四仙童」，足以令人聳然動容。

雷小屈的臉色也變了，揚聲呼道：「孩兒們下來。」

既然一個人有兩隻手仍打不過人，斷斷不會在被砍了一隻手後反而能打勝對方的。與其讓剩下的兩童與轎中人拚命，不如保留精銳，再待機反擊！

黃天星等也不急著闖過劍門，只要崖上巨石不再落下，雷小屈充其量只不過能困住他們而已。姬搖花、鄺無極等已乘機越過亂石，與戚紅菊等會集在一起。

剩下的兩名「索命仙童」，一聽「魔仙」召喚，匆忙走下來，峭壁雖險，但憑他們的功力，走下來還是不難的。

那四名青衣童子也抬起轎子，緩緩的自崖壁步下。

一個人要從峭壁下來，已是萬分不易，這四名童子背了頂轎子，卻走得四平八穩，如履平地；黃天星等不禁大爲驚歎，轎子裡的究竟是誰？

◇◇◇

這一場崖頂之戰，在遠距離的山腰望去，不過是舉手投足，宛若舞蹈般的刹那工夫，但其實是經過了一場頗爲驚險的惡鬥。

「索命四仙童」其實不是童子，只是四個兄弟，身體發育自十歲就停頓下來了，所以身形十分矮小，可是心腸非常惡毒。

在他們手上所染的鮮血，也不知凡幾了，而今雷小屈命他們在崖上推石下山，他們就像拏著冒著火頭的香，一下一下去烙死幾隻小螞蟻一般，既殘忍，又奮亢。

他們正準備第四次推石下山的時候，忽然聽見有異聲，在他們轉過身來的同時，有一個冷而有力的聲音響起：「『索命四仙童』？」

「索命四仙童」立時圍了上去，他們因像貌似小童，所以最恨幼童，尤其是漂亮的童子，他們恨不得烹之吞之，事實上，他們手下亡魂中，以天真幼童爲最多。

這四名紫衣「童」圍了過去，那四名青衣童身上各配一柄長短形狀不同但都很精緻的劍，卻毫不驚慌。

一名紫衣「童」不禁問道：「轎裡的是甚麼東西，還不爬出來就死！」

四名青衣童子中的一名忽然道：「我家公子行動不便，就憑你，尙用不著他出駕。」

紫衣「童」怒極大笑：「好個牙尖嘴利，你家甚麼公子行動不便，莫不是斷了腿的窩囊廢不成！」

他一說完這句話，轎裡便微光一閃，他只覺眉心一麻，眼前一黑，立時就倒了下去。

旁邊的三「童」皆看見轎裡閃電般飛出一物，那紫衣「童」立時「咕咚」一聲倒下，眉心插了一根半寸長的銀針！

這紫衣「童」一倒下，那三名紫衣「童」臉色齊變，其中一人拔身而起。

這人是四「童」中武功最高，也最精明能幹的一員，他長身而起，使的是「草上平波」的輕功，忽然輕輕巧巧的一轉，已躍上半空，正是「魚躍龍門」！

這人半空一翻，「飛鳥投林」，側攻木轎，這人在半空一連三折，看來平常，但這三下轉換，身法詭異已極，先行欺至側處，轎中人武功再高，也無法透過木板發射暗器。

而他掌中長槍，卻可以穿過木板，使轎中人立時喪命，就算對方猝然發難，他至少還有三種身法可變。

他盯著轎裡的人影，一槍刺了過去。

轎裡的人沒有動。

但在突然之間，這紫衣「童」但覺胸前一麻，全身一震，便往山下翻落。

他至死也不知道是怎樣著了道兒的。

只有那兩名在一旁戒備的紫衣「童」看見，轎頂四角中靠那紫衣「童」攻擊位置之角，「崩」地一聲，閃電射出三枚藍羽箭，全釘入紫衣「童」的胸口上。紫衣童就立時栽倒下去。

剩下的二名紫衣童，驚嚇得呆住了。出道以來，一上來就折了兩名兄弟的事，他們就連作夢也沒有想過。

他們就是敢動手，一時也不知如何動手是好。

這時雷小屈的話語正從山腰傳來，他們巴不得有這道命令，如飛地往下走去。

◇◇◇◇◇◇

那兩名紫衣「童」氣急敗壞地走了下來，在雷小屈耳側說了一陣話，雷小屈一臉陰深，忽然拔身而起，自峭壁反登了上去。

只有在峭壁之上下手，才是最好的時機。

黃天星立時洞悉雷小屈的意圖，虎步奔上峭壁。

只是雷小屈的輕功更快，眼看就要橫截住轎子時，忽然一條絲緞，反纏在雷小屈足踝上。

姬搖花全力一抽，雷小屈坐馬穩腰，砂石飛落，居然拉不動他。

但就是這麼一阻，黃天星已到，金刀一招「霸王過江」，攔腰斬去！

黃天星對「魔仙」雷小屈，可說是已恨到了極點，因爲剛才就在他手上吃了一個大虧，而且魯萬乘、游敬堂、馬六甲、壯漢和青僮全死於雷小屈手下，怎叫他不悲怒若狂！

他一刀算準雷小屈因足上被絲帶所纏，決避不開去，唯有硬接，他就是要和雷小屈硬拚。

黃天星的武功與「魔神」可謂是伯仲之間，但「魔仙」雷小屈的武功比淳于洋高。可是雷小屈的武功再高，也不敢與「大猛龍」黃天星的金刀硬拚。

雷小屈既不能上縱，又不能硬接，只好倏然下沉。

這一沉，刀自頭上劃過，而雷小屈十指如鉤，抓向姬搖花！

姬搖花一閃身，自腰間抽出一柄金光閃閃的短劍，反刺了過去。

雷小屈忽然飛起，那一劍刺不中「魔仙」，反而割斷了他腿上的絲緞。

雷小屈身形一起，紅影一閃，戚紅菊已一劍刺來。

雷小屈一側身，這電光火石的刹那間，攻出一爪。

兩人交錯而過，雷小屈胸前衣襟被割裂一道劍縫，戚紅菊鬢髮凌亂，雷小屈的爪再低半分，她就要頭破血流了。

兩人身影始交錯而過，戚紅菊兩枚飛燕鏢已如追魂般射出；戚紅菊的愛婢菊劍就是死在「魔仙」手上，戚紅菊現下挺著的就是菊劍的劍，矢志報仇。

雷小屈冷哼一聲，身形倒飛而起，兩鏢均接在手。

背後，風聲大起，雷小屈疾退的身形，突然間作絕大的轉變，反成了閃電般往前直衝！

他背後是一片刀影，黃天星夾金刀開山之勢，連環猛劈。

黃天星一共劈了十八刀，稍稍一歇，雷小屈猛地轉身，左手抓住黃天星的右肩！

黃天星右肩被制，手中刀再也劈不下去，但他的左手同時壓在雷小屈的右肩上。

雷小屈五指深深嵌入黃天星的肩肉裡，可是黃天星的手一搭在雷小屈的右肩上，便是一陣骨頭的聲響，雷小屈的身子竟沉下地面半尺之深！

黃天星漲得滿臉通紅，雷小屈臉色發白。

而在這時，姬搖花與戚紅菊已雙雙撲上。

雷小屈臨危不亂，衣袖一揚，兩枚飛燕鏢反射而出。

戚紅菊左右一折，雷小屈忽然鬆左手，反抓黃天星咽喉！

這一下若被抓中，黃天星必然當場身死，黃天星雖豪氣萬千，也不敢輕試，只得鬆手身退。

黃天星一退，雷小屈鷂子翻身，立時身退，「扯呼！」

「扯呼」就是撤走的意思。雷小屈以一敵黃天星、姬搖花、戚紅菊三大高手，雖可立於不敗之境，但他絕未忘記，還有「逢打必敗」鄺無極以及那四名青衣童子與轎中人。

雷小屈長身而起，「暗器漫天」姚一江至少打出十七、八件暗器。

雷小屈人在半空，衣袖紛飛，所有的暗器都被輕輕鬆鬆接了過去，在半空三個翻身，眼看就要翻過劍門，猛見劍門關上，停著一頂轎子。

這頂轎子好像一直在等他。

雷小屈的人立即往下沉，心也往下沉，他不希望適才他對付黃天星等人的手法會實現在他身上。

可是，他身子往下沉，手裡一陣揚動，把剛接過來姚一江的暗器，全打向轎子裡去！

這一下，無論如何也可以把轎子裡的人逼出來。

雷小屈所發的暗器，雖然乍看是一齊發出，其實是有先有後，敵人躲過第一輪，躲不過第二輪，乃百無一失。

開始是一顆青蓮子，接著是兩枚三角錐，接下來是四根月牙鉤，跟著是八支透骨針，眼看就要打入轎子裡去時，忽然轎中人一動，射出一顆鐵彈。

這一顆鐵彈，不偏不倚，正撞在青蓮子上，「波」的一聲，鐵彈去勢不止，青蓮子卻被撞得倒飛，反撞在兩枚三角錐上。

鐵彈青蓮子的力未盡，倒射，兩枚三角錐卻撞得倒飛出去，四物撞在後面兩根月牙鉤上，再倒撞在八支透骨針上，然後十六件暗器才一起落了下來，一時「叮叮噹噹」，響了好一陣子。

以暗器成名的「暗器漫天」姚一江，早被雷小屈發射暗器的手法震懾住了，沒料到轎中人以一顆鐵彈連破十五件暗器，更把他驚傻了。

雷小屈沒有作聲，山風吹來，衣襟俱動，臉色鐵青，目光收縮，盯著轎內。

轎內沒有動靜。雷小屈好一會才沉聲道：「無情？」

轎子的垂簾慢慢掀開。

天下能以一件暗器打落十五件暗器的人，絕不超過十個。

而能以一件暗器打落雷小屈十五件暗器的人，絕不多過五個。

無情恰巧便是其中一個。

轎子的垂簾慢慢掀開，可是雷小屈並沒有等他掀開，他雙手如鋼，似箭一般標了出去，這一招已運用了全力。

掀簾的人一定是用手掀簾，當他一眼出現在眾人面前時，他也同時第一眼看著眾人，任誰都不可能會在此時能完全完成戒備。

用手掀簾時，手便發不出暗器，況且雷小屈知道無情是沒有腿的。

雷小屈雷一般衝了過去，因爲這已是最好的時機！

簾剛捲起，雷小屈鋼爪已至。

「颼」！轎內白影一閃，間不容髮地在雷小屈頭頂飛了過去。

無腿的人怎麼有這樣的輕功！

雷小屈來不及細想，簾子「霍」地又垂下，敵人已在身後。

雷小屈必須在敵人立定前出擊！

雷小屈反身，雙爪再變衝出。

丈外落下一人，冷冷地盯著他。

雷小屈心中一寒，猛覺背後「颼颼」兩聲。

雷小屈心知不妙，大翻身，腿上仍然一麻，七支喪門釘一排釘在大腿上。

雷小屈身形甫起，那白衣人手一震，三道白光電射而出。

雷小屈猛一吸氣，沖天而起，兩道白光自左右脅下閃過，一道卻沒入他腹中。

雷小屈沒有叫，只是平靜地沉下，絕望地望著坐在地上的白衣少年。

黃天星等這才看清楚，雷小屈臉色慘白，雙目赤紅，一柄六寸二分長的柳葉飛刀，連柄沒入他腹裡。

另外兩柄，卻深深打入堅硬的石壁之中。

較膽小的蘭劍，竟忍不住失聲叫了一下。

只見蹲坐在地上的少年，雙腿齊膝沒去，劍眉星目，清瘦凌峻，淡淡地說：

「我知道你在奇怪轎子裡是不是還有一個人。」

雷小屈轉頭望一望那垂簾的木轎，痛苦的點了一點頭。

要不是在他回身對付無情時轎中忽射出暗器，分了他心，傷了他的腿，無情的三柄飛刀，他不一定躲不開去。

無情靜靜地道：「簾後沒有人，只是我料定你會施殺手，所以在掀簾的同時，已按下喪門釘的樞鈕，你一擊不中，我飛身而出，你反身向後，轎裡的暗器便向你背後招呼——」

「你不暗算我在先，我也不會這樣暗算你。」

「你注意力全在我身上，仍能躲過致命的兩排喪門釘，在江湖上，已經值得驕傲了——」

雷小屈痛苦地搖搖頭，白衣下襟盡是淋漓鮮血，雙膝半屈，雙手分開，手心向上，仰身望天，長歎一聲，終於緩緩向後倒下，溘然長逝。

◇◇◇◇◇◇◇

雷小屈衝上石壁，欲暗算轎中人而與黃天星大打出手之際，「逢打必敗」鄺無極已揮動二丈長戟，與一名紫衣「童」大戰不休，而竹劍、蘭劍與梅劍，亦三劍圍攻一名紫衣「童」。

這兩名紫衣「童」使的都是長槍，而且武功比「四大惡神」高多了。

所不同的是，「四大惡神」是是四人戰梅、蘭、菊、竹四劍，而今日是三劍鬥一槍，戰了一陣，紫衣「童」攻的少，守得多！

這紫衣「童」幾招狠著，正想衝出劍門，忽然青影一閃，一名幼童已衝了過來。

紫衣「童」笑叱道：「螳螂之臂，也來擋車！」

話說未完，那青衣童已拔出銀光閃閃的劍，一出手便是「清風十三式」，劍勢飄忽不定，劍意若清風徐來！

紫衣「童」心中一凜，回槍連守，十三式已過，已退了七步，青衣童短劍一收，退身叫道：「小二子，到你了。」

「颼」地一聲，又一名青衣童閃至，拔出一柄金光閃閃的小劍，劍勢一展，居然是沉著詭奧的青城派「斷腸劍法」！

紫衣「童」知道非同小可，打醒十二分精神，招架了一陣，汗濕重衫，正欲反攻，誰知道小童劍招一點，邊退邊道：「小三子，該你了。」

又一青衣童飛撲而至，「刷刷刷刷」一連四劍，又急又快，居然是天山派「落鷹劍法」，辛辣無常！

紫衣「童」邊打邊退，差點捱了一劍，額上披下一道血痕；他生平殘殺童子無數，而今第一次給幾個幼童逼得大汗淋漓，狼狽非常。

這青衣童把他逼至石壁，劍勢一收，又叫道：「小四子，現在到你來打發打發了！」

又一名青衣童持劍逼來，劍法居然是大開大闔，是泰山派「開碑迴天劍」，紫衣「童」退無可退，一槍擲去，青衣童回劍一架，劍招一慢，紫衣「童」趁機飛溜。

但他忘了還有梅、蘭、竹三劍。

梅劍迴劍一攔，攔住紫衣「童」，同時間竹劍的劍，已刺中了他的腿，紫衣「童」砰然跌下，蘭劍一劍了結了他罪惡的生命。

這紫衣「童」斃命之際，另一名紫衣「童」也在萬分危急的時候。

「逢打必敗」鄺無極已決心要贏這一仗，一根丈八長戟，給他使得虎虎生風，越使越猛，紫衣「童」越打越乏力，到最後簡直沒有力了。

這紫衣「童」武功跟鄺無極差不多，不過這時雷小屈已叫出「扯呼」，三名紫衣「童」俱已歿亡，致使這紫衣「童」的武功更因心驚大大打了個折扣。

誰要是害怕，誰都無法全力施爲。

鄺無極了無所懼，越戰越勇，眼看二十招之內便可要這紫衣「童」送命，鄺無極忽然起了惻隱之心。

他雖憤恨這些人無恥暗算，只是他見到紫衣「童」滿目都是乞饒之色，又不能肯定這人的年齡，只見他身材細小，狀若幼童，也不忍下殺手。

鄺無極硬生生把長戟一收，「兢咯」一聲倒劃在地上，拖出一串星火，指著紫衣「童」道：「你滾吧！」

那紫衣「童」沒料到鄺無極忽然會放過他的，臉上先是狐疑，後是感激，居然扶槍跪地拜道：「謝謝大爺不殺之恩。」

鄺無極心想這回總算是打勝了一戰，又沒有殺人，心中忍不住高興，就要過去扶起，忽然槍影一閃，長槍已急刺心胸！

鄺無極胸門大開，迴戟不及，只得急閃，不料這一閃，已閃出懸崖，鄺無極急想收步，紫衣「童」可手辣心狠，又一槍刺來，鄺無極又是一讓，身子已往崖下沉去！眼看鄺無極就要粉身碎骨之際，鄺無極卻靈光乍現，手中丈八長戟戳出，「噹」地刺入石壁中，鄺無極的身子硬生生在長戟上托住。

紫衣「童」怎肯放過，俯近崖邊，又是一槍刺落。

鄺無極無戟擋架，又無法閃避，情急中左手抓住長槍，牢握不放。

鄺無極又怒又恨，只氣自己一念之仁，便敗了第一百廿七次——只怕也是最後一次。

正在這時，四點青影掠來。

紫衣「童」迴槍不及，前面的懸崖不能前撲，只好回身，只見四種不同的劍招同時襲來，他一時也不知道如何招架是好！

四柄劍同時刺入他左右肩和左右腿，紫衣「童」大嚎一聲，力一鬆弛，鄺無極於崖下運力一拖，四童同時拔劍，四道血泉隨著紫衣「童」的身影翻過鄺無極頭頂，直落向崖底去。

鄺無極驚心動魄，好一會才爬上來——畢竟他還有命，還可以敗第一百二十八次。

卻在這時，雷小屈也中刀斃命。

過劍門關，隨右棧道，出鳳翔，已入留壩縣，這一行十三人正行在紫柏山上。只要翻過了這座紫關嶺，「北城」便在望了。

這兩天來，無情就坐在轎子中，由「金銀四劍童」抬著，走了最艱辛的一段路，而無情等與黃天星、鄺無極、姬搖花、戚紅菊等都相處得十分融洽。

黃天星等人對無情又敬又佩，既驚奇他年少而藝高，足智而多謀，也同情他已廢了腿，又迷惑於其眉宇間的悲憤與憂慮。

這些人中，特別關懷無情與那四位天真活潑的青衣童子的，要算是「飛仙」姬搖花，其次是「小天山燕」戚紅菊與那三位劍婢。

黃天星、鄺無極、姚一江對無情自然也好，但男人對著男人，又不是深交，怎樣好也不至於談個不休。

姬搖花本來就是親切柔媚的婦人，她對無情特別關懷與照顧；戚紅菊本來就心高氣傲，但她更同情廢了腿的無情，她總覺得要是無情不斷腿，必定更有大成！

其實無情要是不斷腿，他不一定能這般苦習輕功，暗器手法只怕也不一定能那麼高，所以「塞翁失馬，焉知非福」。

戚紅菊更喜歡那四個精靈的小孩子，尤其是那三個猶未完全長大成熟的梅劍、蘭劍及竹劍，常常鬧在一起，互相逗笑。

但是大家心知肚明了一點，就是離得「北城」愈近，危險就愈迫近，「魔神」淳于洋力大無窮，威震四方，卻比不上「魔仙」雷小屈機智狡詐，雙爪索魂，至於「魔頭」薛狐悲，在江湖傳說裡，要比「魔仙」更高更可怕，何況「魔頭」之上，還有魁首「魔姑」呢？

「魔姑」姓甚名誰，江湖人無所知，唯其「四大巡使」，無情已親手搏殺其一，單止這巡使的武功，已直逼淳于洋了。「魔頭」薛狐悲「驚天動地瘋魔拐杖」，江湖人莫不聞名色變；他手下「修羅四妖」，善於暗器、易容、下毒、搏殺，名聲也遠較「魔仙」手下四童來得大！

所以無情等人時時刻刻，無不在小心防範。

三 鬥魔頭

無論怎樣小心防範，人總有疏忽的時候。

暮色已濃，月兔東昇，是個涼爽的晚上。

紫柏山上，這一群人怎麼迫忙，也不想在黑夜趕路，所以就在山上紮營。

野火生起，姚一江的暗器獵了兩隻野兔，鄺無極戳死了一頭野豬，烤肉的香味嬝嬝昇繞，圍過松柏間，在清爽的明月間飛繞。

無情選了個乾淨的地方，端坐在一塊大石上，在吃著乾糧。

戚紅菊隨手橫了把笛子，在吹著古曲，一曲既畢，鄺無極拍手笑道：「戚女俠吹得真好，吹得真好！」

黃天星卻眺望山下，半晌沉聲道：「從前我來『北城』，匆匆在這裡過宿，還可以看見山下遠遠的地方，就是那邊，還有一簇簇燈火，現在，都沒有啦，唉，也不知周世侄他們怎麼了。」

姚一江在他身側，彷彿是老將軍身旁的老部屬一般，在此際少不免要說一兩句安慰的話。

「老堡主，請您放心，我想我們一定會趕得及的。『北城』既然有敵來犯，晚間怎會燈火通明呢！」姚一江嘗試移開令人擔憂的話題，笑問道：「從前老堡主跟誰來此地？」

黃天星「呵」了一聲，聲音一片蒼涼，「從前麼……從前常跟『西鎮』故鎮主藍敬天，『南寨』老寨主伍剛中來此，一齊訪『北城』老城主周逢春，呵呵呵，到晚上一齊策馬至此觀望，縱論江湖，何等豪情……而今藍敬天已先走一步，前幾個月伍剛中也……唉，就只剩下我老黃一個，要是此番救不及周世侄，也不知他日陰曹地府裡，何以見逢春老弟了……」

姚一江不料這麼一問，反而撩起黃天星的傷心事，一時不知如何是好。這邊的姬搖花輕輕走近無情的身側，不驚塵煙一般地輕聲問：「你要不要多吃一些？」

無情猛地一醒，看見姬搖花在月色下像月宮的逍遙仙子，又像人間裡最溫柔的小母親，不禁心頭一震，道：「我……我在想事情……」

姬搖花搖首笑道：「我不是問你這個，我是問你要不要多吃一些。嗯？要不要？」

無情蒼白的臉頰不禁一紅，囁嚅道：「姬姐姐……，抱歉……我沒聽……聽清楚。」

姬搖花卻似根本不聽他說甚麼的，像小孩子掏出甚麼秘密的東西給大人瞧，她自背後腰間遞出塊燒兔腿，笑道：「哪，趁熱，快吃了它。」

月色下，松風輕搖，松柏山是個好地方，雖然不是甚麼名勝，但通常名勝之地都沒有這般幽靜。

無情望去，只見姬搖花的神情既像疼愛孩童的最母性的母親，又像是天真爛漫最少女的女孩，奇怪的是兩種女性的特徵，都在她柔媚的笑靨裡怒放，無情似看得痴了。

很少男人會不喜歡這樣的女性的，因爲，有一種特性已屬難得，何況是兩種皆有！

無情也是人，甚至是很年輕的男人，他怎能完全無情呢？

姬搖花和他並肩坐在石上談，她的年紀比無情大了將近十年，像這種少年的心事，她是相當了解的。

這種年齡的男子，有作爲的多是趾高氣揚，只會向情人傾吐其雄姿英發的軼事和可歌可泣的悲喜，卻不會在松山下，月色下，聽情人的低訴。

姬搖花準備聽，可是無情跟一般的少男不同。

無情沒有傾訴，他也準備聽。

於是他們甚麼也沒講，都在仔細聆聽。

聽那風如何吹動那髮，聽那低低且細細的呼息。看，看那水霧如何在月華下降落；聽，聽彼此的心跳是急是緩。

姬搖花把無情當作孩子還是弟弟，甚或愛人？

無情呢？他把姬搖花看作是母親還是姐姐，甚或情人？

總之，這是兩個天涯落魄的江湖人。

還是姬搖花先說話，她的聲音像那風穿過松針一般柔，一般和藹，「你爲甚麼不問我結過婚沒有？」

無情笑了，笑得很天真，很無邪，「這並不重要，是不是？」

姬搖花也笑了，她的笑不僅可以搖花，就算是樹，就算是山，也會一齊隨之輕搖，更何況是心？然後她問：「可是我要問你。」

無情奇異道：「問我？問我結過婚沒有？」

姬搖花啐道：「你呀你，怎會是！」

無情臉上一熱，笑：「那——那我猜不出。」

姬搖花道：「你的腿……」

無情的臉色倏然變了。

姬搖花不再說下去，她看見無情慢慢別過臉，臉向山壁，看著漆黑的夜色，像一尊充滿心事的雕像。

姬搖花垂首道：「要是我觸傷了你，你不要見怪。你不必回答我的話。」

過了好一會，無情的聲音方從靜夜裡傳來，「不。我會告訴妳。」然後深深地望了姬搖花一眼，看見她抬目時深注的眸子，繼續道：「因爲我沒跟別人說過，所以不知如何開始。」

姬搖花「哦」了一聲，然後靜待他說話。

無情的聲音聽起來彷彿很遙遠，聲調也很奇怪，「我的故事很長，因爲一共有十六年的血和汗，我的故事也很短，我的故事都很不好聽。」

「只要你說的，我都喜歡聽，不管長或短。」

「十六年前，我是六歲的孩童，生長在一個富有之家，一家三十二口，父親高中過，能文善武，詩才京城稱絕。母親一口細針，能繡出皇宮御園裡也無以培植出的花朵，而且一口繡針，能刺七十二個穴道，百發百中能治病殺……」

「那時我很快活，很天真，無憂無慮……然後，有一天晚上，十三個蒙面人，闖了進來……」

無情臉色在夜色中變得煞白一片，接著又道：「尖叫、慘呼、鮮血、格殺、強暴……父親在浴血中倒下了，中了一背的暗器……母親俯視父親，就在那時被擒，用最殘酷的手法殺了……全家三十二口，雞犬不留……」

「一個大鬍子走過來，逼問我家裡的藏寶和針訣，並向我施刑，就這樣，我的雙腿……我沒有哭，我不會哭……另一個瘦子哈哈大笑，飛起一腳把我踢到後院去……」

「然後他們揚長而去，臨走時放了一把大火，連走過來救火的鄰居也一一被殺掉，拋入火中——我是在草叢裡，火海中，用這一雙手，一步一步爬出來，然後暈在黑暗裡的……」

「我那時候之所以能爬出來，是因爲我記住了他們的行爲，記住這筆血海深仇，記住他們的這一晚……」

無情的身子在冷風中抖索，突然看著雙手，聲音中斷，呼吸急促地響了一會，然後才逐漸較爲平復地道：「我昏了過去，再醒來的時候，是個星光燦爛的星天……一個清癯的老人憐惜地抱著我——我記得很清楚。我知道他是好人，彷彿天生就是照顧我的人，於是我大聲哭了，扯他拉他，問他官差爺爺們爲何不替爹媽報仇？……」

說到這裡，無情冷笑了幾聲，然後道：「這老者告訴我說：『沒有用的，一般的差役只能欺善怕惡、管束良民罷了，遇到富豪土霸，或黑道高人、皇親國戚，就沒辦法了。』然後他說：『我告訴你這些，你不會懂的。』我說：『我懂，我懂……』……」

「他老人家彷彿很驚訝，然後他告訴我說，天意使他遇著了我，他也是公門裡的人，不過，還沒有一個人他不敢抓的，也沒有人他不敢殺的，只要是該殺的，他可以擔得起來……他憐憫地問我：『想不想我替你報仇？』……」

「我忽然不哭了，告訴他說：『不想。』他更驚訝。我說：『求您教我本領，我要自己報仇。』他開始時堅持不答應，我又哭了，而且是嚎啕大哭。……後來他看了看我已毀了的雙腿，我說：『你不答應我，不如不要救我更好。我不僅要自己報仇，而且要學到本領，和您一樣，爲天下人報仇。』他笑了：『想不到你這個年齡，能說出這種話。』……」

「最後他答應了，從此他悉心的培養我、教導我，也同時教導幾位師弟……我迄今仍驚奇那時我年紀那麼小，會說那樣的話……直至我長大後，才知道他老人家便是名動江湖的諸葛先生，漸漸的，我們師兄弟也成了武林中所稱的『四大名捕』……」

無情在夜色中無奈地笑了笑。

風停了，甚麼聲音也沒有。

這世界上一旦完全沉寂時，也不知它是在悲哀，還是在傷情。

好一會兒，姬搖花才幽幽地一歎，說道：「那屠殺你家的強盜，最後都找到了嗎？」

無情木然在風中，然後揚了揚手，淡淡地道：「我到現在，我還不知道他們是誰，不過，總有一天……所以，我每天都是在報仇，不止替自己，也替天下孤苦無告的人……他們就叫我無情，因爲，我下手的確無情……」

風靜，人靜。

姬搖花的肩挨著無情，淡淡的香氣襲人，無情心中一陣溫馨。

沒有再說話，因爲，此時已不需要言語。

倏然，在靜空中，忽有馬嘶自山腰傳來，片刻已衝上山峰，又快又急！

無情只說了一句話：「一共兩騎。」

鄺無極與姚一江立時竄了出去，隱沒於黑暗中。

黑夜中兩匹馬四蹄飛，頃刻已衝上山坡；黑夜中尙且趕路如此惶急，就像是衝著他們來的。

兩匹馬同時出現，馬高且壯，馬上的人十分精悍，且一臉惶急之色，一見山峰上居然有人，惶急登時變成疑惑。

而在這時兩道人影閃出，一左一右，包抄在馬匹兩旁，正是鄺無極與姚一江。

鄺無極揚聲問道：「來者何人？」

一名黑衣壯漢怒道：「干你屁事！」

姚一江帶笑問道：「兩位黑夜趕路，所爲何事？」

另一名壯漢也是穿黑衣，衣襟上似乎還繡了朵黃花，卻一鞭抽了過去叱道：「莫妨你大爺辦事！」

鄺無極一戟擋過，「虎」地一聲掃了回去，然後是一陣乒乒乓乓的打了起來。

黃天星望了望，覺得那使馬鞭的漢子很面熟，這時另一名壯漢手持大斧，打得急了，吼道：「媽拉巴子，你們欺負咱『北城』也欺負得夠了，老子跟你拚啦！」

黃天星人雖老，眼卻尖，一瞥見這黑衣壯漢襟上也有一朵黃花時，不禁失聲叫道：「住手！是自己人！」

這一叱，宛若焦雷，人影倏分，使雙斧的大漢循聲望去，憤怒成了驚喜，大嚷道：「黃老堡主，你怎麼來了！您怎麼來了！」

黃天星仰天豪笑道：「果然是你，楊四海，怎麼你的『開山斧』也沒以前的勁了？」

楊四海笑得嘴巴閤不起來，彷彿見到久別了的親人，拖著另一名粗黑漢子的手走過來打揖道：「黃老堡主，適才四海有眼無珠，竟敢和你老的人動手，實是該死……這位是城裡兄弟，叫刁勝，快來見過黃老堡主……」

黃天星笑道：「不必多禮。」沒料刁勝卻一把跪了下去，黃天星忙待扶起，刁勝悲道：「我們星夜殺出重圍，爲的就是要找黃堡主您，還有『南寨』殷少寨主，『西鎮』藍鎮主……『北城』已被『四大天魔』圍了個把月，糧食全斷了，城裡的人都餓得半死不活，偏偏又有瘟疫，最慘的是婦孺幼兒。個把月來，戰死的、病死的、餓死的，城裡的人死了近半，救兵卻遲遲未到……黃老堡主，您來了，這就好了，我們周少城主等得好急啊，要不是白姑娘勸住，他早就不顧一切，出城決一死戰了。」

黃天星動容道：「你快起來……『北城』怎麼了？」

刁勝不單沒起來，就連楊四海也一起跪下去了，哭喪著臉道：「『北城』快要撐不下去了，『四大天魔』率十六名手下攻了三次城，我們快守不下去了。城內十大護法已戰死三名，另三名被抓去製成『藥人』反過來攻城，還有兩位受了重傷，唉……」

黃天星沉聲道：「快起來，起來好說話。」

刁勝老大不情願地站了起來，道：「我們剩下幾十個還能打的，再聚幾個敢死的，一共十個人，趁夜趕出城去，就只有我們兩個衝得出來，其他的……」

黃天星歎道：「『南寨』與『西鎮』各遇奇難，無法救援你們，我已把堡中的力量分成三部分，一部分去援助『南寨』和『西鎮』，一部分堅守『東堡』，其他的都隨我來『北城』，一路上殺著來，也只剩下這幾個人。」

楊四海喃喃地道：「只要老堡主來了，『北城』就一定有救了。……奇怪，我們之所以還能衝得出來，倒是泰半因為對方的人力似減弱了一半……」

黃天星道：「這倒是不奇怪，因爲『四大天魔』中的『魔神』淳于洋及其『四大惡神』，『魔仙』雷小屈與手下『索命四仙童』，都死於我們手上。」

刁勝、楊四海二人的目光閃過一種奇異的光芒，忽然雀躍道：「那太好了……老堡主，現下你們就請赴『北城』好不好，真是刻不容緩了。」

黃天星斷然道：「好！我們不趁夜趕路，怕的是路不熟，怕遭到了暗算，又怕有誤會，現在有你們帶路，則是最好不過了。」

黃天星回頭想問無情，卻見四名青衣童子已扛起轎子，隨時待發。刁勝、楊四海望著那頂轎子，也若有所思。

一點聲音也沒有。

◇◇◇

馬就留在山下，在月色下，森陰的樹叢中，一小群人在迅速移動，連一點聲息都不有。

他們的行動迅速，俐落且無聲，兩更工夫，便已打從小徑到了紫柏山下，翻過了紫關嶺，一座幢然的古城，便遠遠的站立於山腰間，像一頭飛不走的龍。

此刻的「北城」，不再是昔日的繁華，連一盞燈也沒有。眾人慢慢逼了近去，只見城門書著三個大字：

「舞陽城」！

旁邊還有幾個龍飛鳳舞的字，是爲：「周敬逑題」。周敬逑乃「北城」始祖，也是第一代城主，下傳三代，迄今第四代周白宇掌管，「北城」從沒有一天像今晚這麼沉寂，這麼慘淡過！

黃天星心中感觸甚多，不禁輕歎了一聲，刁勝「噓」了一聲，悄悄道：「敵人就潛伏在左近，隨時都會出來，黃老堡主請稍安毋躁，我打個暗號，與周少城主取得聯絡了再說。」

黃天星點了點頭，楊四海一揚手，向天打出三個星光，一閃而沒，跟著黑暗的城頂，也有三點星光昇起，黃天星吃了一驚，城裡看來平靜，其實是守衛森嚴，無時無刻不在戒備防範。

接著城門口打出一盞慘白色的孔明燈。刁勝疾道：「城門已開了，我們快進去，莫爲敵人所乘。」

敵人仍包圍著城外，裡面的人當然不會大開城門來接人，唯有掛一盞燈作爲暗號，曉得的人自然心知肚明，不知者則莫名其妙，不敢妄動。

楊四海道：「快。」大步衝出，眾人急隨他身後，往城門口奔去。

掩近城門，楊四海用力一推，整幢巨大的鐵門竟「咿呀」一聲開了半尺，楊四海喜道：「快進去。」

敵人迄此居然還未發現他們，可說是件慶幸的事，現下各人在明，而敵人仍在暗中，沒有人願在城外多留，巴不得都立即在城裡會集，於是急急潛入。

城裡有一位老頭子，一臉灰花的白鬍子，又老又駝，手裡拿著又粗又黑的拐杖，似沒拐杖他就站不起來，可是還是在催促著人。

「快快進去，快快進去，堡主在裡面等著。」

黃天星大步而入，鄺無極急隨而入，四名青衣童抬著轎子走了進去，戚紅菊、姬搖花、梅、蘭、竹三劍及姚一江正待步入，忽然一名青衣童在黃天星耳際悄聲說了幾句話。

黃天星一步入門，忽然站住，問：「老王呢？守門的老王呢？」

那老頭子瞇著眼睛歎道：「死了，給那些十惡不赦的殺了。」

黃天星突然厲聲大喝道：「你是甚麼人？」

那老頭兒忽然「呼」地一聲退了開去，發出了一聲驚心動魄的尖嘯，手中拐杖忽然旋轉而出，正旋入轎中，「蓬」地擊中轎裡的事物，又飛旋出來，落入老頭的手中。

這只不過是刹那工夫，無情顯然已遭暗算！

黃天星又悲又憤，暴喝拔刀，就在他拔刀的一刹那有了破綻，楊四海就一斧砍了上去。

斧快如電。

何況黃天星根本料不著身旁的人竟來暗算自己！

可是那四名青衣童子就似料著了一般，兩柄銀劍交叉，「嗆」地接下一斧，另兩柄金劍，已刺向楊四海身後要穴！

四名青衣童同時出手，轎子就重重地摔在地上，城門前。

楊四海居然臨危不亂，驀地拔出另一斧，虎虎地格開雙劍，這雙斧舞起來，比兩個更次以前力戰鄺無極與姚一江的時候，不知快了多少倍，猛了多少倍！

這時，刁勝忽然衝出，一連十幾下馬鞭，迫退四童，只聽老頭怪叫著喝道：「退下！」

楊四海與刁勝一縷煙似的「颼」地射到城角，眾人正不知怎麼一回事，只見老頭兒仰首喝道：「倒！」

黃天星等抬頭一望，此驚非同小可，在城牆上有兩個黑衣人，手裡各有一大桶煮得熱沸沸的滾油，正待淋下。

黃天星大喝道：「退！」

但前面的人已退入城內，後邊的人尚不知發生何事，城門只開了半尺，進退談何容易，前衝已然不及，城內又是一片曠場，無處可躲，（沸油又不是雙手可以接得下的）眼看黃天星等立即就要遭殃。

就在這時，在城門正面牆頭上，忽然射出一道白光，其快和急，已到了無法形容的階段，「颼」地插入城牆上兩名正欲倒油的大漢其中一人的額頭上。

那大漢立時倒栽下城牆去。

另一名大漢一驚，不敢再倒油，長身而起，半空拔刀，而那牆頭上又是白光一道，閃電射出！

這時老頭拄杖大喝道：「下來。」

那持刀大漢急急沉下，白光自他髮頂急劃而過，待這大漢落地時，幾撮被白光削下的髮絲，兀在空中飄浮！

這大漢唬得臉都青了。

那兩桶滾沸沸的油，仍留在城上。

那黑暗的城牆上，正冷冷地端坐著一個人，一個腿被廢去的白衣青年。

無情竟不在轎子中！

他是在甚麼時候到了城頭上？

他是早已看出異樣，所以才躍上城頭，「螳螂捕蟬，黃雀在後」！

那栽倒下來的大漢額上嵌入一柄飛刀，四寸長，全沒入額角，這大漢在沒有摔下來之前便已斃命了。

這時楊四海、刁勝，及那名持刀大漢，已扇形排在那老頭子的背後，老頭子虯髯灰白，而雙目瞇成一細縫，卻射出令人心寒的異光！

這邊的戚紅菊、姬搖花、梅、竹、蘭三劍與姚一江，都已搶進來了，城門也完全推開，眾人也一字形排著，彷彿兩陣對峙。

突然這老頭發出一陣震天狂笑，震得各人耳朵嗡嗡作響。老頭兒笑聲一收，雙目狡如狐狸，道：「好！好個無情！」

黃天星已氣得七竅生煙，心念一動，想起一個人，問道：「你是薛狐悲？」

老頭兒仰天長笑道：「連淳于洋四弟、雷三弟都死於你們手中了，兔死狐豈能不悲？」

黃天星的臉也被氣黃了，「那你們也不是楊四海、刁勝了？」

「楊四海」往臉上一抹，竟成了另一個人：「我是『魔頭』手下。」

「刁勝」摘下人皮臉具，「我是『修羅四妖』的大妖。」

黃天星的臉由黃氣青，怒道：「那楊四海、刁勝在那裡？」

「刁勝」笑道：「我這人皮面具是人的皮做的，用誰的臉皮最適合做，你當然知道。」

黃天星的臉又由青氣白，怒道：「那麼『北城』裡的人呢？」

「北城」已死寂一片，空洞洞的甚麼人也沒有，難道「北城」裡的人已遭毒手了？

黃天星的臉完全通紅，已動了真怒，「好！薛狐悲，今日，我要替『北城』報仇！」

薛狐悲又矮又胖的身材，看去有說不出的臃腫，唯獨是一雙眼睛又毒又猾。

「你們雖破了我們第一關，但不等於你們就勝了，我也不想放過你們，我們遲早要打上一場的。不過，只是我想知道，你們是怎麼知道我們要截斷你們的兵力，把困在城裡的人用沸油淋死、一網打盡的？」

黃天星聽薛狐悲順口道來，無所不自在，氣到鼻子都歪了，但他是忠厚人，不想領功勞，因此斷然道：「不是我發現的，是這位小哥兒要我們問守門的老王去了那裡的，我來過這裡十幾次，每次守門的都不同，那有甚麼老王？那時我才生疑的。」

「小哥兒」就是那名使「斷腸劍法」的青衣童子，只聽他機靈地道：「這話不是我說的，是咱公子要我向黃堡主說的，他還叮囑我們隨時防範姓『楊』的與姓『刁』的偷襲。」

眾人舉目望去，只見無情還在城頭上，白衣飄飄，好一會他才說話：「我本來也不知道，既沒見過楊四海與刁勝，也沒進過『北城』，他們也沒露出甚麼破綻，只是這兩人和鄺兄、姚兄打了一場，打得甚不精采，而在上山入城時，這兩位輕功卻又極高了，令我懷疑：他們為甚麼要隱瞞著武功呢？多日沒東西吃的人，怎麼內息如此調勻？於是我開始注意起來。」

薛狐悲瞪了兩人一眼，「刁勝」與「楊四海」互覷一眼。

無情的聲音繼續在冷風中飄送，「你也不必責怪他們，『北城』既被圍，斷斷不可能讓我們安然進入的；你們兩人說經過一番衝殺才闖出重圍，但這裡最新的戰痕也有七、八天之久了。最重要的是，你們居然用最耀目的星火來聯絡，也不怕包圍的敵人看見，這都使我萬分狐疑的。然後我未進門，便嗅到沸油味，於是，我在城門擋著之際，吩咐了四童一些話，即悄然飛身上牆頭，再從上面繞過這裡，即看見兩手捧沸油桶的人，於是甚麼都明白了。」

薛狐悲仰天大笑，手中的杖卻徐徐嵌入地中去：「好！好！果然不愧爲『武林四大名捕』！難怪我也不知道你何時上了城頭，原來你未進門前已上去了，我眼睛畢竟沒有昏花！」

無情冷冷道：「若我不在未進門便已上來這裡，只怕早已給你那一杖砸成肉醬了。」

薛狐悲笑道：「不管你在裡在外，砸成肉醬的命運仍然一樣。」說完這句話他就飛起，整個人像旋轉的風車，打著旋斜飛上城頭，旋轉的是杖影，他自己就是軸心！

四　雙魔決

薛狐悲的拐杖又沉又重，少說也有七十斤，這樣旋轉起來，任何人也招架不住，何況來勢之快，簡直不可想像，人剛飛起，已到了城頭，往無情直砸了下去。

黑夜中白影一沉，無情直挺挺往城下落了下去。

「碰」，磚石紛飛，一排密集的杖聲，敲在無情原來的位置上，也不知給砸碎了多少塊石磚。

無情剛好穿過轎頂，落入轎中。

薛狐悲的身子就像一隻旋轉中的碟子，杖才碰地，人又急飛出去。就在這時，無情在人未完全落於轎中之際，猛一抬手，五點星光飛閃而出！

兩點星光急打薛狐悲的胸腹！

薛狐悲在半空，空門大開，更何況是無情的暗器？

無情已把握了最準確的時機！

薛狐悲急飛身子，居然在半空變了；一連七、八個觔斗，在毫不著力的半空中，竟一個觔斗一個觔斗的翻上去，越翻越高，就像一粒跳蚤！

再準的暗器也打不到跳蚤！

五點星光自薛狐悲身上掠過，五點星光一過，薛狐悲的身子立時又帶動拐杖，拐杖的勁風又帶動了身子，斜斜飛起，竟消失在夜空中！

薛狐悲消失在空中，天地間，忽然，甚麼聲息也沒有。

剛才驚心動魄的一場惡戰，竟奇蹟般終止了不成？

難道薛狐悲逃跑了？

不可能的。

這時的沉寂，使觀戰的眾高手，一額都是冷汗。

只見天空星光燦爛，城牆寂寂，轎裡沒有動靜，也不知轎中人在想些甚麼。

薛狐悲必定是準備下一回的攻襲，而下一回的攻襲必定是更猛烈的攻擊。

黃天星久走江湖，經歷無數，至此也不禁手心捏了把汗。

就在這時，杖風急起！

杖風起自城門外，當眾人來得及聽見之際，杖風已進了城門，且逼貼著梅、蘭、竹三婢之背後。

轎子面向城內，無情落下去時也是面向城內，也就是背對城門。

梅劍、蘭劍、竹劍就站在轎子之後。

攻擊卻來自城門，也就是背後。

杖風一響起，已經近到極點了，無情沒有武功，自然無法招架，除非他馬上發出暗器，否則薛狐悲一衝近，那就生機全無了。

可是薛狐悲卻是貼緊梅、蘭、竹三婢背後衝來的，就算無情及時回身，也不及發射暗器——除非先把三婢射死！

無情當然不能這樣做。

電光火石般的機會已失去，薛狐悲已出現。

薛狐悲衝過三婢背後的同時，他的杖已扎入轎子的垂簾中。

無論無情要發射甚麼暗器，都來不及了。

就算是無情還能及時發出暗器，打中的只怕是背後的那幾個無辜者而已。

薛狐悲的身子已衝至轎子的後槓，就在這時，後槓頂端忽然伸出了兩柄尖刀！

這兩柄尖刀是彈出來的，薛狐悲再聰明也想不到兩條木槓居然像兩隻手，猝然彈出了刀子；他的人現在就像往刀子衝去，拐杖未命中轎子的人，他的人左右胸勢必穿上兩個透明的洞！

刀已刺穿薛狐悲的衣襟，就在這電光火石的剎那間，薛狐悲的身子已由前衝變成上昇，轉變之快，就像他本來就是像一飛沖天而不是前撲似的。

薛狐悲如一隻大鵬鳥般急昇，還借著刀勢一托之力，昇得更猛——不過眾人也及時看到，那嵌在木槓頂端突出來的兩柄刀，明晃晃的刀尖上都沾了幾滴鮮血。

薛狐悲上昇得快，下沉得更快——下沉得像他本來就是從上面躍下來使這一招「泰山壓頂」一般的。

這一杖蓋下來，不但無情的上路被封死，就算欲從前後左右躍出來，也一定被砸死，而且這一杖更犀利的不止是攻，更且是守，因爲就算有暗器射出來，薛狐悲頭上腳下，上盤已守得風雨不透。

薛狐悲這一杖含憤出手，看來一杖定可把整個轎子摧毀！

他忽然感覺到，這無腿的蒼白青年彷彿是他前生的世仇，他不殺他，只怕便立即要死在他手上。

就在這時，無情出來了。

他既沒有往上躍，也沒有往外衝，他居然是從轎下滾出來的——一滾，就滾出七、八尺遠，變成角度斜向薛狐悲，就在這一刹那，他一揚手，三道白光「品」字形直射向薛狐悲的下盤。

薛狐悲的上盤自然攻不入，然而下盤就不同了。

現在薛狐悲人在半空，頭下腳上，全力擊出那一枚，實在絕不可能避得開這三道暗器！

好個薛狐悲，手中拐杖突然旋轉飛出！

拐杖半空擊中了三柄飛刀，飛刀準頭便失，四射而去。

拐杖飛回薛狐悲手中，薛狐悲一個翻身已落在城頭，無情卻不知何時已回到轎子之中。

薛狐悲人到牆頭，金雞獨立，左右顧盼了一下，全身立時變成了一隻風箏似的，往最高遠的地方逸去。

狐狸遇到兔子時，總是不放過，但遇到豺狼時，牠逃得比誰都快。

可是豺狼也追得比甚麼都快。

薛狐悲一動，轎子也就動了，原來這轎子還有兩隻大木輪，轉動十分靈便，薛狐悲躍下城頭，轎子也衝出城門。

這兔起鶻落的幾個功夫，看得別人眼也花了，場中的十幾名好手，竟連參加的份兒也沒有，直至木輪聲軋軋遠去，眾人才醒覺過來。

薛狐悲顯然是敗走的，臨走時還帶了傷，「修羅四妖」只剩下三妖，「修羅三妖」互覷一眼，忽然分三面疾掠而去。

一面是左，一面是右，一面是往內闖——他們自然不敢往外衝，因爲黃天星這一干人全在城門口。

他們一動，黃天星等也就動了。

「楊四海」往城內闖，黃天星就往城內追。

「金銀四劍童」半空截住「刁勝」，因爲他們被「刁勝」的馬鞭逼退過，小孩子的好勝心並不見得比大人少。

酈無極、姬搖花、戚紅菊、姚一江及竹、梅、蘭三劍，分別躍上城頭，吃定了那持刀大漢——他們差一些就給這傢伙淋成了油條，不找他找誰？

這廝的輕功極好，只是四面都是敵人，論武功他絕不在酈、姬、戚任何一人之下，但若以三戰一，這持刀大漢也自知必敗無疑，何況還有姚一江與三劍婢。

持刀大漢只得盡量迴避，在城頭上跳來躍去，盡可能避免相遇戰。

◇◇◇

最遠的地方也有盡頭。

最遠的地方看來很遠，但你有一天可能會流浪到那裡，踏遍每一寸草地，而你最近的地方卻未必真正的走過。最近的事物往往不去珍惜，卻去渴求最遙不可及的，等得到了遙遠的事物，才回想近處事物的好處，那時近處已成了天涯了。

所以遠的往往是近的，近的往往反是遠的。

薛狐悲就是往遠處走，所以走到了懸崖。

薛狐悲向下望了望，似乎已確定了自己無路可逃，然後慢慢返身。

這時軋軋的木輪聲，漸漸迫了近來。

要是薛狐悲不是選擇了這個方向，單憑這轎子，還追不上他。

可是「北城」本來就是三面向山崖的，薛狐悲也只有四分之一的機會可逃而已。

「魔頭」出道江湖近三十年，幾時被人迫成這個樣子過？

轎聲已經近了，轎子停下，在月色下，安詳得像座神龕，誰也看不清楚龕裡有的是甚麼樣的神靈。

薛狐悲拄杖而立，竟自有一番狂魔的氣焰，「無情，有種你就滾出來，咱們決一死戰！」

敢情他對這詭秘幽異卻令人不寒而慄的木轎，有一種說不出的忌憚。

只聽轎內冷冷地傳出了一個聲音：「我問你一句話。」

薛狐悲一呆，「你問吧！」

轎內的聲音竟似有一絲激動：「十六年前，江蘇淮陰城白瀑村，有一個人叫盛鼎天，又叫盛榜眼，江湖人稱『文武榜眼』，你認識不認識？」

薛狐悲一呆，喃喃地道：「盛榜眼，盛榜眼……他是不是有個老婆叫『玉女穿梭』甄繡衣？」

轎中無情道：「不錯。」

薛狐悲仰天長笑道：「不錯，那時我已出道十多年，也不見得有甚麼人敢惹我——有個弟兄在白瀑村外幹件好事，她看見了，就用針繡瞎了他一隻眼睛！不過，後來我連同了十二位好手，把她全家姦的姦、殺的殺，一個也不留——」說到這裡，發出一陣大梟般的笑聲：「你是盛鼎天、甄繡衣的甚麼人？」

無情一個字一個字從牙縫裡說出來：「我是他的兒子。」

薛狐悲一呆道：「事前我們已打聽清楚，盛家不就只有一個兒子嗎？」

無情冷冷地道：「不錯。」

薛狐悲道：「但那小孩我清清楚楚地記得已下了毒手，並放了把大火。」

無情道：「我也記得，不過我爬了出來。」

薛狐悲恍然道：「你的腿……」

無情無情地道：「蒙你所賜。」

薛狐悲狂笑而道：「我道是誰，原來老相好的到了。」

無情點點頭道：「不錯，所以今日我們兩人，必定只有一人能下山去。」

薛狐悲笑聲一停，目光閃動道：「一定？」

無情聲音像一塊冷鐵，「一定。」

薛狐悲忽喝道：「那便一定是你！」

話未說完，拐杖已橫掃了出去。

他曾用拐杖刺入轎，也曾由上而下力碰向轎，亦曾以旋轉的拐杖投入轎中，但都不成功。

他這一下橫掃，是立心要以蓋世神力，把轎子橫掃成兩爿。

把無情也掃成兩爿！

這少年他只不過面對了一陣，已全身不安，就算無情不來追殺他，他也不能再讓令他不安的少年再在江湖上出現的。

轎子的槓木有兩條，貫串前後。

轎側並沒有槓木。

薛狐悲一面出手，一面注意著轎中人的暗器，一面注意著槓木的動靜，他適才就在槓木上吃過大虧。

而今槓木上甚麼動靜都沒有，連那兩截帶血的刀也不見了。

槓木沒有動靜，轎側卻有。

轎側的兩處，忽然開了兩個洞，伸出了兩柄鉤子，鉤子及時扣住了拐杖。

薛狐悲一驚，連忙一扯，鉤子緊扣不脫。

薛狐悲情急，用力一拔，轎子給他一手掀起，但鉤子仍不鬆脫。

薛狐悲不是不知道這時候棄杖最明智，可是他也知道，一旦棄了杖，他的「驚天動地瘋魔杖法」也就完了。

就在這時，轎子的槓木上射出三點紅光。

一個人用臂力掀起轎子，力氣再大的人也不免變得有些遲鈍起來。

薛狐悲仍不肯放棄拐杖，他鐵袖一捲，竟向臉上一遮，三點紅光全飛入他的袖中。

但就在他用袖一遮之際，轎中人無情便已出手了。

七點藍光，自他手中急奔薛狐悲身上七大要穴！

薛狐悲馬上發覺，但在此時，他的袖子竟然起火了。

那三點紅光竟是火燐彈！

薛狐悲此時想不鬆杖也不可以了，但就算他鬆了手，那七點藍光也已到了，薛狐悲要接要避，都已來不及了！

薛狐悲立時一縮，全力後退。

他後退得快，藍芒也追得快。

薛狐悲還是來不及閃避和接。

忽然薛狐悲的身子沉了下去，隨著一聲慘叫。

那七點藍光自他頭頂上劃過，而薛狐悲已從山崖落了下去。

他只顧身退，忘了身後是懸崖。

薛狐悲武功再高，也還是人，一飛出了懸崖，就衝不回來，像一團火球似的沉下去了。

慘叫聲久久不絕於耳。

一隻蒼白的手，慢慢掀開了垂簾。

蒼白的月色照在無情蒼白的臉上，只是無情俊秀的臉，也不知是悲哀，還是在高興，但一定是在沉思。

◇◇◇◇◇◇

無情回到北城，舞陽城還是那般死寂一遍，燈火全無，城門半開半閉，連一個人也沒有。

黃天星等究竟去了那裡？

無情仔細估量一下，以黃天星的力量對付「修羅三妖」足足有餘，絕不可能反遭他們的道兒的。

這樣的一群武林高手，絕不會無緣無故的失蹤的。

就算他們有急事走開了，也必留下人告訴他，否則至少也會留下標記。

可是沒有人，也無標記。

無情覺得彷彿天地間有一張大網，正向著自己收緊，而自己尚不知道撒網的是誰。

無情忽然想到姬搖花，想到姬搖花的一顰一笑，他的心就更亂了。

無情慢慢操縱著轎車走進城門，就在這時，城上一物落下，落下時捲起一片刀光！

落下的當然是人，人手中拿刀，刀由上而下直刺無情。

這一下暗算十分突然，無情知道時，人已到了轎頂。

這人也似乎知道這轎子的厲害，寧願先搶入轎子，再與無情拚過生死。

無情沒有武功，所以他絕不這樣想。

他的手向一個機桿一壓，人立時向下倒了出去。

那人到了轎中時，無情卻已轉到了轎底。

那人立時拔刀欲插——刺穿轎底木板，攻擊無情。

可是，那人一入轎中，慘叫聲及時響起。

無情也立時滾出轎底，毫無忌憚地自外掀開了垂簾。

轎中的人就保留著原來的姿勢，但轎的三壁有三柄刀，同時嵌入了他背、左、右胸。

這人當然立時身死。

無情看見他，心裡立刻沉了下去。

這人是「修羅三妖」中，剛才要倒沸油，並及時躲過他一記飛刀的其中一妖，就是那名持刀大漢。

「修羅三妖」中既還有人活著，那麼是不是等於說，遭毒手的是黃天星他們呢？

無情不及多想，立時將機鈕扳開，三柄刀立時收了回去，大漢軟倒，無情把他掃開，回到轎中——現在他最安全的地方就是這頂轎子，這轎子內外上下機括肌裡，無不是他親手精心製作、親手雕的，所以這頂轎子的功能，他最信任。這頂轎子的功效有時不僅能彌補他兩條腿的缺憾，有時甚至就是另一個和他一樣暗器難防的生死戰友。

但轎子不是人，尤其因爲不是人，別人才防不著，死在「他」手上的人，就更多。

而且也因爲轎子不是人，所以他們之間從沒有誤會隔閡，「他」也不會出賣主人。「他」不是人，但比人更值得信賴。

無情對這頂轎子有說不出來的親切之情。

他記得有一次在崑崙絕頂上，受五十三名黑道中人的攻擊，但這五十三人，沒有一人能衝過這頂轎子的防衛線；之後人人都倒下了，轎子依然屹立。

這頂轎子既是他的戰友，也是他的恩人，甚至是他的家。

他自小失去了親人，除了諸葛先生及三位師弟在一起時，就只有在這頂轎子裡最溫暖。

想起了親人，無情不由自主地想起了姬搖花。

就在這時，他也看見了姬搖花！

姬搖花倒在地上，沒有動，但衣襟卻動了，因爲寒夜的風吹來，姬搖花的衣襟隨風抖動。

無情似忽然給人迎面打了一拳似的，全身都僵住了，一直由手心冷到心頭。

夜色很濃，月亮又躲進了雲層，他不能肯定姬搖花還是不是活著。

無情咬一咬唇，轎子便緩緩向前移動，他一生中失望的事太多了，多得已足夠使他有勇氣面對更多的失望。

轎子到了姬搖花的身前，姬搖花依然沒有動靜，無情還是不能肯定她的生死，於是他的身子平平飄了出來。

星空下，這無腿的可憐人，正是剛才威震群「魔」的名捕無情！

無情爬出轎子，用手探了探姬搖花的鼻息；他的手觸摸到的乃是潤滑的臉龐，而且鼻息是溫暖的。

無情歡喜得幾乎忍不住叫出來，他馬上探手去把姬搖花的脈。

猝然，姬搖花的手一剪，反而搭住了他的脈門，他的全身立時麻痹了！

姬搖花翻身而起，快速、靈活、美妙，一足踢出，轎子給她踢得倒飛丈遠。

這一切變化，無情連想都沒有想過，現在要想，已來不及了！

無情只覺得屈辱與憤怒，被騙的屈辱與憤怒！

一切都靜了下來，姬搖花搭扣著無情的手，猶像姊弟一般親熱。

然後姬搖花轉過頭去看無情，笑得像一朵春花，「你知道我是誰？」

無情的目光又冷又毒，像望著一個完全陌生的人：「『魔姑』。」

姬搖花的笑聲像銀鈴一般，十分好聽，「不錯，『魔姑』姬搖花。」

無情緊抿著嘴，像一塊岩石，再也不作一聲。

姬搖花看了看他，彷彿覺得很有趣，像哄小弟弟似的道：「你想不想知道黃天星等去了那裡？」

無情冷冷地搖搖頭，姬搖花就是「魔姑」，黃天星等還有甚麼活路可言？

姬搖花搖搖頭道：「我知道你想甚麼，不過我沒有殺他們，我只不過點了他們的穴道而已，等他們穴道被封兩個時辰後，血流的速度就會降到最低，那時也就可製成『藥人』了。」

◇◇◇◇◇◇

無情出追薛狐悲後，鄺無極、戚紅菊、姚一江及三劍婢追殺持刀大漢，追不多久，鄺、戚二人同時覺得腰間一麻，便已軟倒，眼睜睜地看著姬搖花在片刻間也把姚一江與蘭、竹、梅三婢制住。

這時持刀大漢早已跑了，但她又潛伏回「北城」，爲的是等薛狐悲回來，卻見回來的是無情，以爲有機可趁，便出手暗算，最後仍免不了死於無情之手。

然後就到「金銀四劍童」。

四劍童力戰「刁勝」，忽然一個軟倒了下去，另一個見是姬搖花，呆了一呆，便輪到他倒了下去，「刁勝」亦趁機衝出，逃逸而去。

另外兩童，自然不是姬搖花的敵手，不消半刻便被制服。

黃天星窮追「楊四海」，驀然發覺身邊多了一個人，正是姬搖花，黃天星心中正想：跟女人一齊追敵最倒楣……才想到這裡，他就覺得「玉枕穴」一麻，軟倒了下去……

◇◇◇

姬搖花柔媚地笑道：「現在他們都在我掌握之中，不出一個月，他們都是我屬下的『藥人』了，你想不想知道『北城』的人去了那裡？」

無情冷得像塊花崗石。

姬搖花笑道：「你真倔強，但我還是會告訴你：『北城』的人，被我們殺了四分之一；餓死的、病死的有四分之一；被我們所擒製造成『藥人』的，又是四分之一；剩下四分之一，城裡是守不下去了，退到柴關嶺的留侯廟中去，又被我們困住，出不得來。」

姬搖花看了看無情，又笑道：「你一定奇怪我在這裡，而『魔頭』、『魔仙』、『魔神』又死了，誰能困住他們是不是？我告訴你吧，他們除了個周白宇及白欣如，個個都幾無力再戰了，所以我叫『南方巡使』、『西方巡使』、『北方巡使』盯住他們就可以了——聽說是你殺了『東方巡使』的，他們要留住你雖不大可能，但要留住『北城』的殘兵傷卒，還是不難。」

姬搖花看見無情在冷笑，笑問道：「你笑甚麼？」

無情冷然道：「要是三巡使就可以留得住他們，妳為何還不乾脆衝進廟裡把他們制住算了！」

姬搖花認真地點點頭道：「果然當堂給你瞧破了！他們的人力我是不怕，但他們揚言說，只要我衝進去，他們不單不歸降，而且即刻全部自刎，也不讓我把他們製成『藥人』……你知道，我要的是活人，活的人才能製造『藥人』呀。」

無情忽然盯著她，姬搖花笑得花枝招展，道：「怎麼啦？你不認識我了？」

無情冷冷地道：「不。我只是不解，妳要那麼多『藥人』幹甚麼？」

姬搖花忽然大笑，似聽到世界上最好笑的笑話一般，笑到肚子都彎了，可是扣著無情脈門的手，卻絲毫沒有放鬆，「製造『藥人』幹甚麼？雄霸天下呀！我手上有這麼多爲我效死的人，像『千里一點痕』戚三功、『凌霄飛刀手』巫賜雄、武當長虛道長、少林鐵鏡大師……等等頂尖兒高手，等我再破了『東堡』、『南寨』、『西鎮』，那我就是武林第一大幫派的宗主了。哈哈哈……」

無情看著她，彷彿看著的是一頭披上人皮的獸一般，沉默了很久，然後刀一般尖刻地問：「那麼，妳的『藥人』呢？」

姬搖花突然靜了下來，然後道：「問得好，這些日子我一直沒有把他們使用出來，不過從現在開始，我隨時可以召喚他們來了。」

無情的話像刀一般地刺過去：「以前妳反對使用『藥人』，是因爲『魔頭』、『魔仙』、『魔神』等也懂得施用之術，並且是他們幫妳擒下這些人的，而妳只想獨霸天下，不想別人與妳共用與分享，對不對？」

姬搖花臉色變了一變，忽然笑道：「好細心！不錯，我就告訴你吧！『四大天魔』之所以會單獨一個一個去對付你們，以致被你們一個一個擊潰，是我促成的，也是我安排的。到京城裡去激你或諸葛先生出手的，也是我的主意。我是要假你之手除去淳于洋、雷小屈及薛狐悲，要不是我設計，你們才制不住我們合擊之力。」

然後臉色蕭殺得像刀鋒一般，望著無情，一字一句地又道：「就算是我一個人，一樣可以放倒你們。你們由頭到尾，只不過是被我利用而已。」

無情只覺一股寒意打從心中昇起，外表仍全不動聲色，歎道：「就連薛狐悲、雷小屈、淳于洋等人，也給妳利用夠了，還死得個不明不白。」

姬搖花忽又笑得像朵春花，道：「我們四人都懂得製造與駕御『藥人』之法，可是而今天下只有我知道了。老實說，『藥人』全留在我們的老巢九龍山的玄天洞裡，是我建議說『藥人』暫不可用，讓時日越久，藥力完全發揮時施用才較安全——這些話，卻把他們騙倒了。我最不喜歡別人跟我共用一樣東西，否則，我就寧願摧毀那件東西，也不願共同享有。」

無情平靜地道：「我已讓妳利用得夠了，妳就讓我死吧。」

姬搖花笑著看著他：「你教我怎麼忍得下心讓你死呢？」

無情冷笑道：「難道妳也想把我製成『藥人』不成？」

姬搖花瞇著眼睛笑著看無情道：「我的『藥人』有一個毛病。」

她以爲無情一定會問「甚麼毛病」，誰知無情嘴抿得緊緊的，甚麼也不問，像完全不關心似的。

姬搖花歎了一口氣道：「我的『藥人』雖爲我效死不二，但腦子裡都不會思想——藥力的第一步是要他們失去記憶力，摒除機智，沒了智慧，他們的武功都太呆滯了，打了折扣——」說到這裡，姬搖花端詳無情接道：「要是我把你製成『藥人』，你一定不能再駕御那頂轎子，而且一旦缺少了智力，你的暗器又會大打折扣，何況你又不會武功——我闖蕩江湖數十年，其實是寂寞的！」

說到這裡，幽幽一歎道：「我在山上與你一敘，確實很喜歡你。如果我做了武林第一宗主，你就是宗主的夫君了，這樣別人求之不得哩。我需要你這樣智力的人，來協助我成大事。」

無情的表情像吞了一枚雞蛋——活生生一口吞下一枚帶殼的雞蛋——那麼驚訝，然後道：「妳需要利用到我的智力，來完成妳的武林大業；又見我雙腿已廢，只要手無暗器，便甚易控制，正好是適合妳的人選，是不是？」

姬搖花居然柔情似水地道：「我已在山上向你打聽清楚了，你沒有甚麼親朋戚友，正好是我所需要的人選。而且憑你的關係，要制服其他三捕甚至諸葛先生，也在所不難，這都全仗你了。而且『北城』的人見你來了，必大喜出迎，你只要一出手制住周白宇與白欣如，他們只怕連自殺都來不及了。」

姬搖花又柔媚的笑了笑，用另一隻手撫了撫無情的頭髮，昵聲道：「你雖然年輕了一些，而且雙腿又沒了——但我不會嫌棄你的。」

無情忽然笑了，笑著道：「妳雖然醜些，我也不見怪，可惜妳太老了，老得可以做我媽媽。」

姬搖花撫摸無情頭髮的手，忽然變成了鐵一般硬，閃電般在無情臉上摑了一記，厲聲道：「你不要命了？」

無情蒼白的臉上留下五道指痕，嘴角溢著血絲，仍然笑道：「還是讓我先死的好，否則我多活幾年，倒要我替妳守生寡了——妳的武林宗主寶座，我也就當仁不讓了。」

姬搖花十指箕張，正要往無情頭頂插了下去，忽然鐵青的臉又慢慢鬆弛下來，五指也一根一根柔軟了下來，笑道：「我知道你想死快一點，我偏不讓你如意——

我給你瞧瞧我的真面目，看你後不後悔剛才沒答應！」

姬搖花說著媚笑著，然後轉過身去，在臉上塗塗抹抹一陣子，忽然厲聲道：「你最好不要亂動，我可以不要你死，但要你再廢去雙手也很容易！」

過了一會，姬搖花轉過身來，樣子比原來的要成熟些，但風韻比原來的更濃，更爲美艷照人，真的笑時可以搖綻百花吐蕊來。

姬搖花抹去易容物，跟原來的輪廓還是很相像，一個易容術怎麼高的人，總不能把高矮肥瘦，或極醜變成極美的。天下根本沒有絕對的易容術，如果有的話，天下也就根本沒有醜怪的人了。

姬搖花得意地望著無情，笑道：「怎麼樣？」

無情淡淡地道：「我只恨不得妳早死一些。」

姬搖花露齒一笑道：「沒有挽回的餘地？」

無情斬釘截鐵地道：「沒有。」

姬搖花沉思了一陣，終於歎了口氣，揚起手掌，說道：「看來我只有把你也殺了。」

無情緩緩把眼睛閉上。

姬搖花的手忽又放下來，揚聲叫道：「麻巡使，你不是想替臧巡使報仇嗎？這人就給你了。」

城頭有人悶應了一聲。姬搖花轉過頭去，向無情悄聲道：「你知道我為甚麼要把你交給『西方巡使』麻國剛嗎？因為他外號『辣手催魂針』，殺人手段最是狠毒，他與臧巡使的交情也最好，而『東方巡使』，就死在你手上，他會把你刺得一身刺蝟，雙手俱廢，才讓你慢慢的痛苦地死去……」

姬搖花說到這裡，故意的頓了頓，然後銀鈴一般笑起來，忽然道：「麻巡使，這人就交給你了。」

只見一藍衣人緩緩行來，沉凝的步法，已足夠使人心寒，這人自黑暗中，就似一具幽靈，無情的心向下沉。

就在這時，無情忽然嗅到一種奇異的焦味。

麻國剛已經走近來，姬搖花笑道：「你說要先挑去他的手筋好，還是先刺他成瞎子好呢？」

麻國剛沉聲道：「瞎子。」手中一尺二寸長的金針，閃電刺出！

同時間，姬搖花的臉色倏變，疾喝：「你不是——」

金針急刺，不是刺向無情，而是直刺姬搖花的眉心。

同一剎那間，無情空著的手上，閃電般掏出了一柄匕首，向姬搖花右脅空門擲出。

而城南城北兩處，忽然撲出兩個人，兩柄利斧直劈姬搖花背心，一條鞭子急捲姬搖花咽喉！

剎那間，姬搖花成了眾矢所的之目標，不同的兵器卻但都十分畏懼，不敢貿然出手。

姬搖花喝出那一聲時，即時左手一抓，頭一側，右手一鬆，右腳飛出，右手卻一反，一手抓住兩面利斧。

她左手一抓，已把馬鞭抓住，鬆右手出右腿，已將無情踢飛丈外，無情那一刀自然也擲她不著。

只是在這倉促間，姬搖花頭一偏，只避過了眉心死穴，然而左眼一陣刺疼，忽然全黑！

姬搖花發出了一聲令人驚心動魄的尖叫。

那「痳國剛」見一招未能使姬搖花致命，忽然射出金針。

姬搖花的尖叫成了排山倒海的厲嘯，雙手一掄，那使馬鞭與雙斧的人立時飛跌了出去，姬搖花一抬手撈住金針，一手按住鮮血淋淋的左目，頭髮散亂，用右目瞪大著看，看著那枚金針上沾了她自己的一丁點鮮血珠子。

那被掄飛出去的二人也立即爬了起來，圍了上來，但都十分畏懼，不敢冒然出手。

那「痳國剛」不知何時已換了一柄拐杖，冷冷地瞧著「魔姑」姬搖花。

只聽姬搖花厲聲吼叫道：「是你！你沒有死？」

「痳國剛」嘿嘿笑道：「我當然沒死，我要是死了，妳可稱心快意了。」

無情被姬搖花踢中一腳，跌出丈外，他的內功十分淺薄，這一跌半晌爬不起來，可是當他嗅到焦味時他已知道，來的人不會是「西方巡使」「辣手催魂針」痳國剛。

因爲這股焦味，是中了他自製的火燐彈才會發出來的。

這人當然是適才摔下山崖去的「魔頭」薛狐悲。

狐狸總是狡猾的，牠不單擅於欺善怕惡，擅於逃命，甚至擅於詐死。

如果來人是薛狐悲，那麼一定已聽到剛才姬搖花的話，他絕不會放過「魔姑」的。

所以，無情立即當機立斷：他只有一個機會，他若不乘這個機會全力掙脫，縱不死在姬搖花手下，薛狐悲也不會放過他的。

薛狐悲爲的是要殺姬搖花，但絕不是爲救他而來的。

只聽薛狐悲笑得就像是狐狸，「搖花，妳雖聰明、我可也不笨。雷老三、淳于老四可以爲妳而迷得神魂顛倒，我可清醒得很。我一直就在奇怪妳爲何要我們分批出手，開始還說殺雞焉用牛刀，可是淳于老四已死了，連雷老三也喪命了，妳還是堅持如此，我可不得不懷疑了——適才我與無情交手，在城頭上，看見有一個人直躲在別人的身後，我想黃天星同行的人不致這樣沒種吧，於是多望幾眼，臉孔雖變了樣，但身段還是被我認出來——不是妳是誰！妳在那時尚不出手助我，一定心懷鬼胎，於是我藉故落荒而逃，爲擺脫無情的追蹤，故意落下山崖，其實，算準了下崖有一棵老槐樹，也算準了無情行動不便，不會到山邊來觀望——不過那小子厲害，我還給他燒了一身焦黑！」

薛狐悲一面說一面瞪住姬搖花，厲聲道：「我一回來，先聚集了我僅剩的兩個部下，潛伏在這裡，趁妳與無情說話，便放倒了麻國剛，剛才妳叫我出來，我還以爲已給妳發現了——不過既然已出來了，妳的眼力也不鈍，與其遲早給妳發現，不如我早些出手。哼哼，搖花，想我薛狐悲對妳不薄，我無親無朋，就待妳像女兒，教妳武功，使妳成名，現在妳武功高了，名氣也比我大了，居然連我也不放過，好毒的心思啊妳！」

姬搖花卻仍是瞪著一隻眼，看著手上的金針，一臉是血，十分淒厲可怖，再高的易容術也不能把一隻失明眼珠復明過來。

薛狐悲冷笑道：「要不是手上武器不趁手，只怕妳現在不止是瞎了，而是死了。」

姬搖花突然嘶聲大叫道：「要是你用別的武器，根本近不了我的身子，死的就是你！」

薛狐悲大笑道：「姬搖花，別人怕妳，我可不怕妳，何況妳一隻眼睛已經瞎了，已經是醜老太婆啦。」

姬搖花猛抬頭，彷彿剎那間老了三十年，其容淒厲無比，忽然尖嘶著，衝了過去！

這一聲尖嘶，十分特異，遠處隨即響起兩道尖嘶，這時姬搖花已與薛狐悲打了起來，只見滿天都是杖影，以及黃影急閃，快得連招式都幾乎看不見。

這時薛狐悲手下的二妖，持斧大漢與執鞭大漢雙雙撲來，欲助「魔頭」對付「魔姑」。可是隨著那兩聲妖異的長嘯，城頭上已出現兩人，一綠一白兩道影子，急撲兩妖！

無情一看他們的衣飾，便分曉他們是「魔姑」手下「四方巡使」之「南方巡使」「鬼火追命鉤」卓天城以及「北方巡使」「雙筆白無常」崔嵬坡二人！

卓天城已使鉤纏住馬鞭大漢，崔嵬坡兩枝判官筆，招招不離雙斧大漢身上要穴！

就在這時，無情忽然掠起。

他既不撲向姬搖花與薛狐悲的戰團，也不參與二妖對雙使的廝殺，他只是向適才姬搖花發出一聲尖嘶，而雙使以呼嘯回應之處撲去。

他首先衝入轎中，然後推動轎輪，向前急駛。

姬搖花正打得興起，根本無法兼顧無情的去向，事實上，這幾人亦無暇分心於無情的蹤影。

無情識別著方向，蜿蜿蜒蜒的轉了兩道小徑，到了一座山洞前，裡面黑黝黝的，甚麼也看不見，無情試探著問：「黃老堡主，鄺兄，戚女俠，你們在嗎？」

裡面全無人應。無情側耳細聽，終於聽出有一點點細微的鼻息聲，而且好像還不止三、四個人的鼻息。

無情沉聲道：「若裡面有黃老堡主，而穴道又被制的話，請用你獨門的『長鯨呼息法』呼吸，以示證明。」

果然裡面有一種沉厚的，深瀚的呼息聲傳來。一個人穴道被制住，行動不得，但很少說連內息也不自主的，所以內力真正深厚的人遇到功力較弱的點穴者，縱穴道遇制亦可運內力衝開的。

無情立刻衝了進去，晃亮了火褶子，果然看見黃天星、戚紅菊、鄺無極、姚一江、蘭劍、梅劍、竹劍及「金銀四劍童」橫七豎八的臥在地上，穴道果然受制。

眾人的眼光都露著欣慰之色，也帶了一分羞愧，無情立刻企圖爲他們解穴，但他立刻遇到問題。無情內力甚弱，但他練的暗器必需要能認穴打穴，無情對人體各大要穴，都認識得十分透徹，可是這些人的穴道是被姬搖花重手所點倒的，無情內力不足以化解。

無情苦無能力解他們的穴道，亦無法以他個人之力把他們救走，只有眼巴巴的呆在當場。

無情情知只有一法：立刻到留侯廟，去找「北城」周白宇，聯絡「北城」的人手，來拯救他們。

無情主意一定，立時倒返出洞。他肯定姬搖花、綠衣巡使與白衣巡使都潛伏在附近，留侯廟就絕不會遠到那裡去。

他必須要在姬搖花與薛孤悲決出勝負之前，找到「北城」的人。

無情一出山洞，立時觀看地面，找到一處腳印最多的路徑，勇往直去，果然不消片刻，一座古廟便出現在眼前。

留侯廟相傳爲張良從赤松子遊辟穀處，有北方寺院的恢宏，南方藝匠的精巧，曲折相通，出幽入勝。廟創於漢，建築手工之雄奇簡直出人意表。而今在黑夜裡，這座古廟簡直像一具巨神，聳然立於黑暗中，龐大、古老、而且恐怖。廟前橫匾「相國神仙」冷冷地橫在那兒，似在橫瞪著無情。

無情長吸了一口氣，正欲發話，忽然看見廟前橫七豎八的有一些黑壓壓的東西，腥臭之味不斷襲來，仔細一看，原來都是一些死去的人，不是身首異處，就是殘肢斷軀，慘不忍睹。

正在此時，廟簷四角斜飛出四個人，自四個不同的方向襲來，人未至，各自手一揚，七、八點星光射出，直射轎中的無情！

就在這刹那間，無情已沖天而起，暗器盡打入轎中。

無情於半空中喝道：「住手。」

可是那四人不由分說，兩柄長劍直刺無情咽喉，兩柄直取胸門。

無情於半空中一連三個觔斗，已落在留侯廟階前，運氣大叫道：「住手！我有話說。」

後面的四劍已帶著尖嘯，急刺而來，無情猛轉身，手中刀光一閃，閃電般在暗夜中劃過，四名大漢同時覺得眼前一花，手中劍一輕，四柄劍都中腰折斷！

無情叫道：「得罪了。我是來找——」

一人喝道：「賊子，你們的妖言我已聽夠了！」另一人道：「老丁就是這樣被他們說動，被他們害死的！」還有一人道：「要殺就殺，我們絕不會投降，你不必多說！」最後一人狂嚎揮動斷劍前衝，「妖賊，我跟你拚了！」

四個人又衝近無情，無情既無法招架，暗器又不能傷人，唯有退避！

這一退，已反躍入廟中，當時風聲忽響，十七、八條好漢已持各式各樣的兵器圍住了他，有人罵道：「好哇，竟一個人衝了進來，咱們圍起來殺了他！」

「單刀入虎穴，有種！只怕你來得去不得。」

「我要殺了他，以祭小三子在天之靈！」

「媽的！看不出這小子好眉好貌，竟是魔徒！」

「你也是真當咱『北城』無人了！」

無情勉力說了幾句話，但內力不足，被七口八舌的語言混淆了。

這時幾支火把亮了起來，只見廟的四角，有二、三十個婦孺老幼，或鮮血纍纍的人，或倒或臥，或倚或靠，都仇恨的盯著他。無情心叫苦也：要是全部人一齊衝殺過來，他的退路又被封死，若不用暗器傷人，又只有死路一條。

這時忽聽一聲嬌叱，白虹一閃，一白衣女子連人帶劍，直刺無情，來勢之快，令人應變莫及。

無情手朝地一拍，倒翻而起，避過一刺，已退到牆角。

白衣勁裝女子一擊不中，劍鋒一迴，竟無半絲停滯，又連人帶劍急刺了過來。

無情退無可退，雙掌往地上一按，在白衣女子鬢髮上倒翻出去，一面大叫道：「我是來見周城主——」

白衣勁裝少女一劍落空，劍尖往上翹，人也跟著美妙的一個大翻身，倒追無情，劍刺背門。

無情人在半空，苦於無處發力，大喝迴身，手中金光一閃，白衣勁裝少女見勢不妙，迴劍一擋，「噹」一聲響，一記飛輪撞在劍身上，斜飛而去，嵌入牆上，齒輪上還帶有白衣勁裝少女的幾撮青絲。

白衣勁裝少女玉容失色，無情急急落地，正欲發言，忽然躍出三人，一名使鍊子槍，一名使峨嵋分水刺，一名使斬馬腰刀，三人一撲上來，一言不發，各展殺手，猛攻無情！

無情長歎一聲，此時是生死存亡之際，傷人也不得已了，左手一翻，三枚白骨喪門釘急射而出。

這三枚暗器只求傷敵，不求殺人，但亦甚不易避；可是這三人，一人把鍊子槍舞得風雨不透，碰開白骨釘；一人半空一刀斬落，居然準確地把白骨釘斬爲兩截；還有一人雙刺一分，一個「懶驢打滾」，便避過白骨釘，欺近身來，一招「鳳凰點頭」就向無情刺來。

單看這三人一出手，便知絕非泛泛之輩，無情突然想起那假冒「刁勝」者的話：「『北城』快要撐不下去了，『四大天魔』率十六名手下攻了三次城，我們快守不下去了。城內十大護法已戰死三名，另三名被抓去製成『藥人』，反過來攻城，另兩位護法受了重傷，唉……」

無情一見這三人，使斬馬刀的漢子膀上綁著白布，血漬斑斑，正是受過傷來的樣子，可是已無暇多想，峨嵋分水刺已襲到，無情長歎一聲，忽然心生一念：何不制住其中一人，讓大家不敢妄動，再慢慢解釋個清楚？

無情意念一生，雙手一按，長身而起，大漢雙刺不中，正待迎空再擊，不料漫天一陣閃光，二、三十件暗器齊罩了下來。

這大漢不愧為「北城」中十名武功最高其中之一者，只見他臨危不亂，一雙峨嵋分水刺指指點點，居然把二、三十件暗器都格開，連沾也沾不上他身子。

可是無情這時候已落在他身後，手中拏起一柄匕首，就在這大漢忙於格開暗器時，無情的匕首已横在他後頸上。

那使斬馬刀及鍊子槍的大漢雙雙搶到迎救，無情另一手一震，十二枚鐵蒺黎射出，兩人急閃，已來不及搶救那使峨嵋分水刺的漢子。

這時廟角又撲出一人，使虎頭流金鐺虎吼撲來，身上也帶著傷，無情沉聲喝道：「誰再行前一步，我就先殺了他！」

此語一出，這使流金鐺的大漢立時停下，滿目都是關切之情，望著那使分水刺的大漢。

其他包圍著的人紛紛怒叱、高喊，但不敢上前，「快把高護法放了！」

「你敢動高護法一根毫毛，我要你死無葬身之地！」

「小兔崽子，你還想作困獸鬥！」

「小子，放下高護法可饒你一死！」

無情歎了一口氣，正待解釋，猛聽那使峨嵋分水刺的大漢嘶聲道：「我寧願死，也不受這些鼠輩的威脅！」

話未說完，反手雙刺，刺向自己的左右太陽穴！

無情心中大驚，沒料到這漢子性情如此剛烈，他適才以匕首制住大漢，全靠對方全力應付暗器，所以才得手，而今這大漢竟然自殺，以無情的武功，根本也救不及，只要此人一死，無情就算能說出實情，只怕也得結下不解之怨了。

正在這時候，廟角忽然急起兩道劍光，「叮叮」兩聲，一連刺中兩柄分水刺，分水刺準頭一歪，擦過大漢額角而過；這時兩道劍光又分而合一，成了一道劍光，劍光握在一白衣青年手中。青年臉如冠玉，霜寒蘊威，凜然而立。

那白衣勁裝少女立刻到這白衣青年的身旁，悄聲道：「要小心，這人的暗器很厲害！」

無情長歎一聲，猛把手拿峨嵋分水刺的大漢一推，把他推出身外。白衣青年一怔，沒料到無情這麼輕易就放過了這高護法。

無情道：「謝謝你。」

白衣青年一呆，道：「謝我甚麼？」

無情望了他一眼，道：「謝謝你替我救了這位大哥！」

白衣青年道：「救他是我本分，你謝我作甚麼？」

無情道：「要不是你救了他，我的冤就萬口莫辯了！」

白衣青年道：「制住他的也是你，你有甚麼冤？」

這時，那使虎頭流金鐺的大漢嚷道：「別跟這種賊人多說，讓老子幹了他！」

白衣青年道：「熊護法，請少安毋躁，我們問明再說。」

無情道：「我不是『四大天魔』那一夥的。」

白衣青年道：「哦？」

那使斬馬大刀的漢子恨聲道：「別聽他胡言妄語，要不是『四大天魔』那一夥人，你半夜三更來這荒無人跡的留侯廟幹甚麼？」

白衣青年道：「你且說說看。」

無情道：「我來找你。」

白衣青年「哦」了一聲，奇道：「你知道我是誰？」

無情道：「我知道。」

白衣青年道：「我從未見過你。」

無情道：「但我知道你就是『北城』城主周白宇。」

白衣青年笑道：「不錯。」

那使斬馬刀的大漢又道：「那你又來幹甚麼？」

無情道：「『東堡』堡主黃天星已至，可是被『魔姑』所制，危在旦夕，我不會解重手法的穴道，因此來要你們去救援。」

使斬馬刀的大漢嘿地笑道：「鬼才相信。」

白衣青年周白宇忽然道：「趙護法，他的話我相信。」

使斬馬刀的大漢怪叫了起來，道：「你相信？」

周白宇笑笑道：「因爲我也知道他是誰。」

趙護法奇道：「他究竟是誰？」

周白宇含笑望定無情，一字一句地道：「他是『無腿行千里，千手不能防』——『武林四大名捕』中的無情。」

趙護法、熊護法等都齊齊吃了一驚，道：「他是無情？」

使鍊子槍的大漢大喜道：「難道我們的援助終於到了！」目中露出狂喜之色。

無情道：「不錯。我們來了，但也損失甚巨，而今除我一人外，其他的人都被制住了，可是『四大天魔』中『魔神』、『魔仙』及其八名手下也給我們殺了，『魔姑』、『魔頭』八名手下也死了四人。我即刻要人去救他們，否則就來不及了。」

周白宇斷然道：「好，我去。」

使鍊子槍的大漢道：「周城主，你相信他的話？」

周白宇昂然道：「別人遠自千里來援助我們，也只有『信義』二字，咱們豈能以不信不義待人，教日後貽笑江湖呢！熊護法！」

另一名使峨嵋分水刺的大漢急道：「城主，我跟你一齊去。」

周白宇幽然道：「不行，彭護法，你要和趙護法、熊護法、高護法守在這裡，這裡的傷者都要你們照顧，我一個人去便行，免得這裡反被人所乘。」

那四個護法十分敬服周白宇，都答：「是。」

那白衣勁裝少女道：「白宇，我與你一道去。」

無情見周白宇臉色有一絲為難，於是道：「我也知道妳就是外號人稱『仙子女俠』的白欣如，是周城主尚未過門的妻子是不是?妳的劍法很好，倒要請妳去一道幫個忙。」

白欣如粉臉上掠起一片紅霞，嫣然道：「願竭所能。」

無情道：「事不宜遲，馬上出發。」

周白宇道：「好！我們邊行邊談。」

這所謂一面行一面談，是無情在轎中，周白宇與白欣如仗輕功急奔中的談話。

無情簡略地把黃天星等爲何被「魔姑」所制的因由說了出來，也把姬搖花與薛狐悲之間的鬥爭經過簡略地道出。

周白宇也說出了「四大天魔」圍攻「北城」的始末。「四大天魔」率二十餘「藥人」突襲舞陽城，全城上下猝不及防，死傷過百，「藥人」都是武林中的高手，不過本性已全失，武功也略爲打了折扣，也給殺了七、八個。

周白宇終於在狂瀾中率十大護法奮起迎戰，以熱血換取了「四大天魔」的撤退，堅守「北城」。

可是「四大天魔」也包圍了「北城」，攻城三次，「北城」糧食斷絕，傷亡過半，護法也死了三名，傷了一名，周白宇只好作突圍戰，結果兩名護法被擒，一名護法受傷，對方的「藥人」又折了七、八名，可是「北城」的人還是衝不出來。

跟著下來一名護法誤中奸計，被誘騙出城，製成「藥人」。這三名被製成「藥人」的護法，率領八、九名「藥人」以及「四大天魔」的人，再次攻城，終於城破，「北城」中傷亡十分嚴重，周白宇率領剩下的百餘人，退至山下留侯廟作最後堅守。唯「四大天魔」那些「藥人」與那三名護法，也在此役中全部喪生。

是故周白宇等堅守留侯廟，撤退時又獲得一些糧食，抖擻精神，見那三名被製成「藥人」的護法之下場，寧可拚死，也不被擒。「四大天魔」也不敢妄攻，一方面「藥人」已缺，不敢妄動，另一方面，「四大天魔」想把這些「北城」高手製成「藥人」，也不想迫之過急，只怕一無所獲。

可是周白宇等也明知衝不出去，因為百餘人中，婦孺佔了三十餘人，另十餘人已無力再戰，能戰者僅六十餘人，一旦與「四大天魔」力拚時，必吃大虧，可能全軍覆沒。唯有在廟中苦守，反而能佔地利人和，或能予重大反擊，並等候援兵早日來臨。

而今說來，「四大天魔」之所以遲遲未再出擊，一方面除「藥人」已盡，亦恐怕逼虎跳牆與攻堅不易之外，還有「四大天魔」內部的明爭暗鬥，加上黃天星這一行援兵與對方的力拚，削弱了「四大天魔」的攻擊實力，以致無法集中兵力再行出擊。

經過個把月來的苦戰，北城的人已筋疲力盡，周白宇是一城之主，被迫撤城，而且全城傷亡如此慘重，除了痛恨之外，更覺無顏以對先祖基業。

現在最大的困難剩下兩個。

一、如果「魔姑」與「魔頭」已先行決了勝負，要是贏的是姬搖花的話，那麼她必知黃天星等的所在地，可能已折返，而黃天星等已遭了毒手亦未定，至少，無情這三人難免又得與「魔姑」姬搖花一番惡戰。

二、不管是姬搖花或薛狐悲，他們都一定會調動其他未用的「藥人」——據悉尚有四、五十人之多——再攻北城，那時縱使黃天星等安然無事，要抵抗這批失去本性的高手，也甚爲不易，何況薛狐悲或姬搖花只要一人尚存，便是極爲頭痛的對手。

最重要的是，如果此際黃天星等已成「藥人」，那周白宇等就是再多三倍的人手，只怕也非一敗塗地不可了。

一個月又十三天以來，周白宇第一次現出笑容，白欣如也是。

就算無情肅殺的臉上，也不禁有欣慰之色。

因爲他見到了黃天星，而且已解了他們的穴道。

鄺無極一跳起來就痛罵姬搖花。戚紅菊和竹劍、梅劍、蘭劍、金銀四劍童憋了一半天的氣，一旦自由，不禁跳跳蹦蹦的。

姚一江告訴無情，姬搖花初把他們擒來時，就想餵他們吃一大堆的藥，但這些人牙關緊閉，就算吃下去的也硬哽嘔吐出來，姬搖花無可奈何，臨走時向一綠一白兩個怪人說明要看住他們，並餓他們幾天，待他們失去抵抗意志力時，不吃也得吃。

五　殺魔姑

姬搖花臨去時，又說明是要把無情也一併擒來，急得他們如熱鍋上的螞蟻，可是又偏偏動彈不得。

後來遠處忽傳尖嘶之聲，這穿著綠衣與白衣的兩人臉露惶惑之色，互覷一眼，也發出一聲尖嘯，然後離開了山洞，再也沒有回來過。

黃天星與周白宇見面，更是話多無盡，黃天星向無情苦笑道：「我以爲那婆娘此去，你必無防備，非爲她所擒不可，心裡急得不得了，不料洞外竟傳來你的聲音，嚇了我一跳——你真有辦法，江湖上真是一代新人換舊人。」

無情道：「我也確爲姬搖花所乘，要不是薛狐悲起內鬨，我也決逃不出來。」

黃天星道：「看你解不開我們的穴道，去請救兵時，我們也捏了把汗，怕的是那婆娘先回來出其不意向你下毒手，那時就是我們害了你了。」

無情笑道：「這倒不曾發生——倒是在留侯廟與『北城』高手打了一場硬仗。」

周白宇道：「無情兄闖入了留侯廟，遇上幾位弟兄，大家以爲他是『魔姑』派來的，便打得厲害，後來和趙、熊、彭、高四位護法及欣如交手，始終都不下殺手，我就知道他絕不會是『魔姑』那一夥的了。」

黃天星道：「無情並非無情，其實是宅心仁厚——哦，對了，除了熊、彭、高、趙四位護法外，牟、阮、寧、曾、關、戴六位都好吧？」

周白宇惻然道：「我們『北城』現在僅剩百餘人，能戰者六十餘人而已，戴、關、曾、寧、阮、牟六位護法也犧牲了！『北城』遭此大劫，白宇何顏見歷代祖宗！只望能早日殺魔復仇，再以一死報『北城』！」

黃天星道：「『四大無魔』崛起江湖，對付的不只『北城』，還有『西鎮』、『南寨』與敝堡，而且還想席捲整個中原武林，『北城』不過是首先遭殃的罷了。『南寨』、『西鎮』據說也遇上非同小可的敵手，我已遣堡中三分之一高手去救援。此事怨不得誰，換作『四大世家』中任何一家，要抵禦『四大天魔』之合擊，也必毀無疑，就算我們人多勢眾，把他們四魔逐個擊破，但隨來的三分之一堡中力量，也只剩下老鄺和一江，其他魯、游、言、李、尤五位護法，以及老漢、青僮，也都犧牲了，又怨得誰來？唯有化悲痛爲力量，殲滅巨魔，方爲報仇雪恨之道。」

周白宇慘然道：「世伯教訓的是。」

戚紅菊忽然道：「適才你們說『北城』的人在留侯廟中，糧食不支，我們何不立刻就趕過去，也好周濟他們。」

戚紅菊爲人冷傲，但卻有一顆關懷世人的心，不像姬搖花的臉慈心狠。

無情道：「我要先上山去，看看『魔姑』與『魔頭』的戰果如何。」

姚一江道：「最好他們已拚過兩敗俱傷，我們上去了結了他們！」

周白宇道：「我們也去。」

無情道：「好。但『百足之蟲，死而不僵』，『魔姑』與『魔頭』這兩人殘毒可以想知，大家千萬要小心的好。」

黃天星道：「適才你與薛魔頭於北門一戰，我見你絕對可以牽制薛狐悲，再加我們九人之力，倒不怕放不倒他們的。」

無情歎了一口氣，說道：「姬搖花雖受重創，但一出手間，我已感覺她武功遠在薛狐悲之上，要是薛狐悲留下來，我們倒是絕不會佔劣勢的，怕的是，留下來的不是他。」

白欣如道：「就算姬搖花留下來，但一目已瞎，已與薛狐悲鬥了這一陣，只怕不見得還可以那般叱吒風雲了吧。」

周白宇道：「怕只怕姬搖花不止是姬搖花，還有聽她號令的一干『藥人』。」

◇◇◇

北城的城門在西沉的月色下，半開半閉，有說不盡的可怖，似人生盡頭的一座暗門，冷冷在守候，誰也不知道門後匿伏的是甚麼？

可是現在無論匿伏的是甚麼，都抑壓不了無情等人報仇雪恨的決心。

周白宇、白欣如與戚紅菊及三劍婢，飛鳥一般自城頭左側掠了進去，黃天星、鄺無極、姚一江閃電自城頭右側搶了進去，同時間，四劍童已踢開了城門，抬著無情的轎子衝了進去。

他們同時衝入，也同時呆住！

城裡已沒有活人，只有死人。

有一個人離地懸空地背貼城牆上，背後牆磚也被撞得四裂。這人的背肉完全突了出來，然而胸腹之間卻凹了進去，是給人用掌力打成這樣的。

而且這人被用這掌打得七孔出血，眼珠子一顆凸睜出來，眼眶都是血痕，另一顆因中掌震盪過劇，已掛落在頰邊，隨著兩道小血管，血淋淋的掛在臉上。

這人死狀甚爲可怖，嘴巴也張得大大的，可是滿口都是血——在他沒叫得出聲音之前，對方已把他活生生的打死！

這人就是「魔頭」薛狐悲！

從薛狐悲的屍首來看，可以肯定是在搏鬥中忽然中掌，中掌之力奇大，使他全身向後倒飛，而對方不容其喘息，半空追及，一連在他胸前打了近百掌，直至他倒撞在城牆上，整個人都嵌了進去，對方才肯收手，其恨意可想而知。

薛狐悲既死，姬搖花自然活著。

「魔頭」用暗算刺盲了「魔姑」一隻眼睛，居然還是敗得如此之慘，姬搖花的武功也真夠匪夷所思了。

薛狐悲嵌在城堡之上，伏倒一個人，這人正是假冒「刁勝」的「修羅四妖」之一，他的脖子幾乎已全被鉤斷，鮮血淋漓，右手還半舉，但也有一道鉤痕，幾乎把他的手腕鉤斷，只連著一塊帶肉的皮。

敢情這「刁勝」與「四方巡使」中的「南方巡使」「鬼火追命鉤」卓天成相鬥，被對方兵器鉤中頸項，情急中欲以手奪鉤，但被另一鉤鉤住了手，活生生地被鉤死。

在城門口倒著一人，臉向城外，臥倒地上，背後有兩個血淋淋的洞，想必這「楊四海」與「北方巡使」「雙筆白無常」苦戰後不敵，企圖衝出城門，但被雙筆自背門飛射擊中而死。

「魔頭」薛狐悲死在「魔姑」姬搖花手下，而薛狐悲座下雙妖也死在姬搖花座下雙使手下，可以說是全軍覆沒。

可是現在姬搖花呢？她與兩個巡使卓天成和崔嵬坡究竟去了那裡？

◇◇◇◇◇◇◇

無情的臉色忽然變了，疾聲道：「快回留侯廟！」

周白宇的臉色也變了，第一個就竄了出去。

「魔姑」殺了薛狐悲之後，自然會想追殺無情，發現無情已蹤跡全無，必以為無情是去尋找「北城」殘兵的下落，所以必定設法兜截無情，或索性乘狠全力攻打留侯廟，以絕後患。

姬搖花斷斷沒有想到無情竟憑二巡使的嘯聲，識別方向，找到了黃天星等，並再尋著周白宇，趕去救助黃天星諸人。

就在無情率周白宇和白欣如再次到山洞的時刻，正是姬搖花率雙巡使及僅存的四十五個「藥人」高手，全力撲襲留侯廟之際。

如今留侯廟中只有熊、趙、高、彭四位護法執事，連周白宇與白欣如也來了此處，豈能應付這可怕的攻勢？

所以人人臉色大變，立刻趕赴留侯廟。

留侯廟依然屹立在黑暗中，可是一切已不同了，巍峨的廟宇已不再是殺氣，而是森冷的寒意。

尤其周白宇，更加感覺得出這寒意。

因爲留侯廟前後左右，已沒有一個是活人，廟前倒的是屍體，廟裡倒的是屍體，廟後倒著的也是屍體。廟前第一個倒下去的人，便是那使虎頭流金鐺的熊護法，他雙眼凸出，脖子變形地窄小了起來，是給人活生生用布帶勒斃的。

可是彭、高、趙護法呢？

周白宇的眼睛又亮了，因爲前後左右都有屍首，但屍首並不算太多，約莫有三十來具，其中大半是已受傷或不能動武的人。

其他的人呢？

忽聽無情在廟後喊道：「他們從這裡撤走。」

黃天星、周白宇等立即掠了過去，只見廟後有一處樹叢東歪西倒，直向山邊的一條通路延去，地上滿都是凌亂的腳印，還滲有血漬。

彭、高、趙幾位護法畢竟是老經驗，一旦估量自己絕對抵擋不了對方的攻擊時，立即率眾向廟後撤退，姬搖花的部隊集中在廟前決戰，待發覺時，便已遲了。

這當然因熊護法帶一批殺身成仁的「北城」高手引開他們的注意才能成功的，

可是熊護法這批人也犧牲了。

姬搖花發現他們逃的路向，即刻追殺。

◇◇◇◇◇◇◇

「北城」的人帶著一批傷者與婦孺老幼，如何能逃得出這批殺人魔鬼的追擊呢！

照這樣的情形看來，姬搖花因傷目後心性大變，已不敢活捉「北城」的人作「藥人」，只求斬盡殺絕，把眇目之恨遷怒到「北城」這一干無辜者的身上去發洩。

無情等也立刻動身，他們只希望能在「魔姑」截及「北城」殘卒之前，先截住「魔姑」，以決一死戰。

已經是第十四個死人。

這條路越走越荒蕪，奇岩巨石，一座座似憤怒的守護神般，怒視著這亂石峭壁的山谷。

而在這條路上，已倒下十二個「北城」的高手，兩個「藥人」。

周白宇眼睛紅了，姬搖花等顯然已追上了「北城」的人，「北城」的人一面逃一面派出高手斷後，只是一旦與「藥人」硬拚，便傷亡慘重。

無情忽然問道：「這條路是通往那兒去的？」因爲他瞥見崖石上有「石門滾雪」四字，力拔山河，勁道萬鈞，不禁問道。

白欣如道：「此處通往褒城北門，離北馬鐸約二十里路。」

無情目光一亮，說道：「要是真的進入褒城，我們也許就能和姬搖花打一場硬拚。」

所謂「北馬鐸」者，乃褒城以南十八里處，立有漢時「蕭何追韓信」的碑石。所謂「褒城」，是摩石山一帶，有古代的「鑿石架空，飛梁閣道」之奇，共築有閣棧二千八百九十二間，工程艱巨，氣魄非凡。

褒城北門又稱「石門天險」，為過留霸第一險。褒城有「一笑傾城」紂王美姬褒姒的古蹟，據說「烽火戲諸侯」即在此處。摩石山上，更刻有漢魏時的「石門頌」，均為漢隸的翹楚。

黃天星沉聲道：「但願能與那『魔姑』於褒城決一死戰！」

◇◇◇

褒城，枯草萎枝處處，烈火如炙。

四面有高岡，岩石奇巨，而一群人就在山腰上，作捨死忘生的決戰。

無情等來不及從高岡上望見這些人時，正好是因為一聲慘叫，無情往下望去，恰好看見一個眇目悍婦，五指插入趙護法的胸膛。

其他的「北城」高手，咬緊牙關，苦苦支撐。

約莫四十餘名「藥人」，仍在瘋狂的圍攻著。

周白宇一見此情，心血賁張，大喝一聲：「妖婦，休得張狂！」

連人帶劍衝下山坡，跟著就要衝近姬搖花，猛地綠衣一閃，三點青光直打周白宇上、中、下三路。

周白宇半空白虹一折、再折、三折，一連三折，躲過三點青光，劍勢仍直指姬搖花。

綠影再閃，憑空而至，兩柄金鉤半空格住周白宇的長劍。

周白宇冷哼一聲，劍勢一翻，收劍出劍，兩劍直刺綠衣人「門頂穴」與「跳環穴」，還能反手一劍刺向綠衣人背後的「龜尾穴」。

「門頂穴」乃在頭頂，「跳環穴」在腿部，「龜尾穴」卻在背後。

周白宇一氣三劍，居然方位不動，連刺三處完全不同的人體大穴，簡直匪夷所思。

可是綠衣人居然不閃不避，雙鉤倒扣，直奪周白宇咽喉。

這是「兩敗俱傷」的打法。

周白宇只好收招，他出招快，收招更快，這還不是最快的，最快的是變招，快得他彷彿就是要出這一招似的，「叮叮」兩劍，盪開雙鉤。

來人的攻勢全被招架，周白宇的劍勢也停頓下來。

兩人交手數招，心中都有了分數，周白宇冷笑一聲，道：「『鬼火追命鉤』卓天成？」

卓天成冷哼道：「你就是『北城』城主周白宇？」

白欣如就在周白宇掠出的同時間，也撲入戰團。

但她甫入戰團，白影一閃，陰笑一聲，只聽有人陰惻惻地道：「好漂亮的小妞兒，豈非送上門來的美餚嗎？」

白欣如怒不可遏，長劍一翻，劍勢看來毫無鋒芒，其實一瀉千里，潛力起伏，直向來人捲過去。

來人冷哼一聲，正是「雙筆白無常」崔蒐坡，他雙筆一展，居然左右夾住了白欣如的劍，邪笑道：「妳知道這招叫甚麼？」

白欣如粉臉通紅，倏然鬆手，雙拳齊出，崔寬坡過於輕敵，猛覺手上一輕，左右脅已各中一拳，痛得退了七、八步，白欣如已反手抄劍在手，一連攻出七、八招。

周白宇力戰卓天成，白欣如力鬥崔寬坡，而「北城」的人見城主與未來城主夫人來到，紛紛抖擻精神，奮起血戰，抵住那四十餘名「藥人」的猛攻。

無情向下望去，立時知道姬搖花並不參戰，只是發出奇異的尖嘯，而「藥人」就隨著她的呼嘯或進或退。這些藥人除了可以自動攻擊和防禦外，甚至打到崖邊也不知止步，有一名「藥人」就這樣摔下谷底。

姬搖花只是主掌號令，時或乘隙驟下毒手，殺死「北城」中最驍勇善戰的高手，爲她拚死的都是一些迷失了本性的「藥人」。

戚紅菊忽然驚叫一聲，悲慟欲絕，因爲她看見她哥哥「千里一點痕」戚三功及其丈夫「凌霄飛刀手」巫賜雄也在「藥人」群中，雙目似開似閤，臉上陰森一片，在與「北城」的人苦戰。

而「北城」能戰者僅剩四十餘人，武功與「藥人」一比，自然相去太遠，簡直已到千鈞一髮的時候了。

無情急道：「黃老堡主、鄺兄、戚女俠，此妖婆武功高強，你們必須圍攻她，再設法誘她上此台來。」

黃天星如大鵬展翅，急旋而下，戚紅菊也似一隻赤燕般掠了下去，鄺無極丈八長戟一挺，飛奔而下，姚一江摸摸鏢囊，跟著奔下石台。

梅、蘭、竹三劍婢也想下去，無情道：「妳們三位，可有帶火酒、火摺子等物？」

黃天星等人遠在寶雞鎮始，便炊食自給，而且爲慎重起見，一糧一水無不用自己所配備的，連燃點物也攜帶不少，火摺子是行走江湖必備之物，自然少它不了。

無情一一收過，又命四劍童等把眾人的衣物掏了出來，然後又道：「你們七人把附近易燃之物，如枯木草乾之類收集起來，越多越好，越快越好！」

四劍童對無情自然是唯命是從。竹劍卻奇怪道：「無情公子，你要這些幹甚麼？」

無情點頭道：「姬搖花武功高強，我們恐非所敵，唯有以計勝之。昔日此地是紂王烽火戲諸侯處，今日我們卻要以烈火除妖婦！」

竹劍、梅劍、蘭劍等相覷一眼，即振衣而去。

無情一人獨坐轎中，冷觀戰局。

◇◇◇

黃天星一撲近姬搖花，大刀一展，一招「長沙落日」，迎頭砍下。

姬搖花乍見黃天星，十分驚訝，「你居然逃脫出來！」她只說了七個字，但已化解了黃天星這一刀，還擊了六招，黃天星也退了六步。

可是，這時一道冷風，直到姬搖花背門。

姬搖花右手一撒，長絮捲出，竟套住戚紅菊的長劍。

鄺無極的丈八長戟卻認準姬搖花的右目就戳了下去。

姬搖花冷笑一聲，不得不鬆手，只見黃帶一捲，又搭住鄺無極的長戟，輕輕一帶，竟把鄺無極連人帶戟帶下山崖去。

就在這千鈞一髮的剎那間，黃天星手臂一張，已硬生生抱住鄺無極，在崖邊硬硬頓住，腳下沙石簌簌而下。

姬搖花冷笑一聲，乘機出掌，擊向鄺無極背門。

只要這一掌命中，鄺無極與黃天星就得雙雙滾下深谷裡去。

正在此時，三枚飛錮直射姬搖花，姬搖花貼地低頭，竟似游魚一般躲了過去，已撲近發射暗器的姚一江，反手一掣，手中多了一柄金光閃閃的短劍。

姚一江一驚，姬搖花已欺近他身前，姚一江的暗器最忌近身搏擊，正待急退，姬搖花的短劍已完全沒入他腹中去。

姚一江慘叫一聲，墮下萬丈深崖。

姬搖花一劍得手，卻來不及拔劍，戚紅菊的長劍已至，姬搖花閃身避過，姚一江已連人帶劍消失在崖下。

姬搖花返身厲瞪戚紅菊，獨目中兇狠殘毒，手中布帶一揮，就撲了過去，戚紅菊不敢戀戰，返身就跑，直往石台掠去。姬搖花目光一閃，急追而去。

那邊的黃天星與鄺無極也急追姬搖花，以拯救戚紅菊之危。

這邊姬搖花一上手間，便殺了「滿天暗器」姚一江，逼得「逢打必敗」鄺無極險象環生，也擊退了「金刀無敵」黃天星，更追殺「小天山燕」戚紅菊，可是另一邊的戰局，卻有了極大的變化。

姬搖花一心對敵黃天星諸人，「藥人」便無人控制，威力大減，「北城」的人乘機緩過一口氣，唯有不受影響的是「南方巡使」卓天成與「北方巡使」崔嵬坡，二人正與周白宇及白欣如越打越酣，勝負未分。

姬搖花與戚紅菊在江湖上都是以輕功見長的，可是姬搖花之所以甘與戚紅菊齊名，乃因借江湖上「飛仙」之名來隱匿其「魔姑」的身分，所以武功輕功都只露五分，而今兩人全力施爲，相較之下，戚紅菊便大爲遜色，黃天星、鄺無極也苦追不上。

姬搖花也明白局勢，知道必須速戰速決，當下尖嘯一聲，登時有兩名在左近纏戰的「藥人」，分左右截住戚紅菊的去路，出手猛攻。

戚紅菊本來就未必能接下姬搖花三招，而今再有兩名「藥人」的夾攻，實在斷無倖理。

就在這時，白光自石台上驟起，至戚紅菊面前一分，竟分成兩道，「噗噗」二聲，兩支鋼錐分別釘入兩名「藥人」的心口！

這兩名「藥人」在江湖上也是有名有實的高手，只是本性已失，神智昏迷，無情射出這兩錐，又十分巧妙，看來是射向戚紅菊的，半途才急折而出，擊中最後目標，連姬搖花這等高手也相救莫及，這兩名「藥人」又怎能來得及閃躲？

姬搖花一見石台上有暗器，便知無情也在上面；她寧可不殺戚紅菊，也非要上石台奪得無情之命不可。

她眇一目之故，雖說是薛狐悲下的手，但若非無情在場，她斷不致讓薛狐悲欺近身邊；若非無情擲出一刀，薛狐悲那一針，她說不定可以避得開去，所以她對無情痛恨至極，恨不得親手致他於死地。

姬搖花提氣直上，轉眼間已追上戚紅菊，一掌拍出。

戚紅菊強提真氣，猛力一衝，沖天而起，避過一掌。

姬搖花右手一振，長布捲出，已纏住戚紅菊足踝。

戚紅菊玉容變色，這時，又見精光一閃，一枚六角銼盤旋飛來，恰時切斷了布帶。

姬搖花怒極，大喝一聲：「你躲在那兒放暗箭，看本仙姑不把你揪出來，剁成肉醬！」

長身而起，已登上石台。

姬搖花自恃藝高膽大，一方面又怒不可遏，決意要親手殺死無情等，她一躍上石台，只見那頂詭異的轎子已向她衝來。

姬搖花曾目睹無情以轎子上的暗器機關，把「魔頭」薛狐悲打的落花流水，她雖自負技冠群英，對此「怪物」也有三分忌諱，當下先行長身拔起。

姬搖花這一拔起，時間上捏算得十分之準，就在轎子離開她身軀僅有三尺之遙時，她才全力急起。

這一下，無情全速衝刺，定必收勢不及，滾下石台去的。

可是姬搖花全身急起之時，轎子的頂槓頂端，突地彈出兩柄尖刀，各長五尺，直取姬搖花左右雙胸。

姬搖花明明算準轎子離她尚有三尺，沒料刀尖一出，姬搖花就算飛身而起，也來不及了。

就在這時，只聽「騰騰」兩聲，姬搖花的兩隻拇食二指一彈，正好彈在刀上，兩柄刀一折爲二，飛上半空，轉而射入轎中，快若驚鴻。

眼看二截刀尖就要射入轎中之際，忽然轎中精光一閃，一柄飛刀半空橫飛而出，刀柄各碰撞中那兩截刀尖，三樣利器，變成折射姬搖花。

這時轎子勢不可擋，急撞姬搖花。

就在這一刹那間，姬搖花忽然失去蹤跡。

姬搖花站的地方就是石台邊緣，姬搖花影蹤一失，轎子立正，就在石台邊緣硬生生頓住。

那三柄刀在空中閃了一閃，亦告消失。

就在這時，姬搖花的人就像鞦韆一般，呼地一聲盪了回來，倏然出現在轎前，十指如十柄尖刀，直插入轎中。

姬搖花並無退下石台，她只不過在電光石火間，雙足鉤住台邊，向下一倒。

等到暗器都過了之後，她即刻像鞦韆一般盪了回來。

姬搖花出手之快，簡直匪夷所思，她的人才出現，根本看不見她的手，她手已插入簾中了。

可是她的手一插入簾中，那簾子立時變成了一塊薄薄的鐵板。

姬搖花十指穿過鐵板，但手掌卻穿不入，兩隻手便硬生生嵌在那兒。

這時轎子的檻部忽然射出三點星光，直取姬搖花胸腹之際。

任何人雙手伸了出去，胸腹之際都是極大的空門。

何況在這剎那間，姬搖花絕不可能來得及把手抽回來。

可是這空門不見了。

姬搖花的確來不及抽回雙手，但她雙足一起，一連踢出四腳！四腳中的三腳把暗器踢飛，反射向自台下猛衝上來的黃天星、鄺無極與戚紅菊。

最後一腳卻是踢向轎檻，同時間姬搖花十指由插易爲抓，用力一扯。

就在這一踢一扯之際，「劈拍嘩啦」一陣聲響，轎子被踢倒飛三尺，而整塊鐵板都被扯了出來。

這刹那間，板裂扯下，轎中猛暴射出數十點星光。

姬搖花猛把鐵板一掄，只聽一陣「劈劈拍拍」的聲響，好像雨一般密集的東西都釘在鐵板上。

聲音一停，姬搖花就衝了過去。

她是以鐵板爲盾，直撞了過去的。

鐵板頂住轎子的槓木，去勢不止，直向後猛退。刮得地面吱嘎的響。

後面就是山崖，萬丈絕崖。

姬搖花力聚於臂，瞬間轎子已被推向山崖的邊緣。

轎子向山崖落下的刹那間，轎中一人沖天而出，急飛過姬搖花頭頂，七點星光由上而下射出。

姬搖花的鐵板足可把前面守個密不透風，可是頭頂、背後卻是個大空門。

這七點精光正是打向姬搖花的頭部與背部。

就在這刹那間，姬搖花已把她最畏忌的轎子推落山崖。

同時間，她的頭、背之空門，變成了鐵板，七點精光齊齊打在鐵板上。

轎子正轟隆轟隆的掉下山崖去，同在此時，十道幾乎完全聽不見風聲的暗器，在空中閃過。

姬搖花的雙目只剩一目，而且以鐵板作武器，擋住了視線，所以根本看不見。

姬搖花的耳力極好，她以鐵板作盾，處處均能守住暗器的攻擊，乃因她能聽聲辨影，暗器打她不著。

可是她這次聽不見，因爲暗器實在太小了，帶不起甚麼風聲，更何況轎子落下山崖之聲又蓋過一切。

這些暗器是十枚銀針。

十枚銀針就自姬搖花適才在鐵板上插的十個洞孔裡飛了進去。

姬搖花發覺時，針已穿過洞孔，也就是說，離開臉孔只有半尺。

同時間，無情身影正自長空落下，但忽然之間，他聽見漫天暗器之聲陡起。

只見姬搖花雙手在鐵板上一緊，釘在鐵板上的三、四十件暗器，全噴射向無情。

無情半空猛一吸氣，竟不落反昇，出手如電，雙手連揚之間，二十多件暗器射出。

無情這一昇起，已躲過一半暗器，另一半暗器，他也施暗器一一撞落。

這時姬搖花手中的鐵板，突然脫手飛出，在半空中追削無情。

在鐵板飛出的剎那間，無情在一瞥間看見姬搖花用牙齒咬住那十支銀針。

無情忽然感覺到前所未有的失敗，這是一種很奇怪的感覺，尤其是在這生死一髮之間忽然想起。

鐵板急襲無情，無情知道，這一下他是絕躲不開去了。

他的轎已毀，他的暗器失手，若這鐵板是飛擊向他，他或可躲過，但如此橫拍過來，無情無法可躲。

唯一的辦法只有用雙掌硬接，但這一接之下，功力殊異，非給震下石台不可！

這一震下石台，死生未知，而那最後的計劃，也無從進行了。

鐵板飛拍，無情人未沉下，心已沉了下去。

就在這時，一聲暴喝，半空一閃，硬生生把鐵板劈爲兩半，左右落下，也不知是給這威猛無比的一刀所震落，還是給那一聲捲天鋪地的大喝所摧毀？

來的人正是「大猛龍」黃天星。

黃天星到了，鄺無極與戚紅菊也同時到了。

鄺無極丈八長戟一橫，戚紅菊長劍一撩，齊齊衝出。

姬搖花忽然開口，十枚銀針噴射而出。

鄺無極急把長戟舞得個風雨不透，戚紅菊只好像燕子一般地掠了回來。

這時黃天星與無情均已落地，與鄺無極及戚紅菊並肩而立。

四人站在一起，心中覺得很溫暖，因爲有朋友同生死、共患難。

可是四人心中不覺一陣驚悸，因爲這姬搖花的武功實在太高了，不但太高，簡直是厲不可當，兇狠歹絕。

姬搖花以獨目冷冷望著他們，冷冷地道：「你們死吧！」身形展動。

無情忽然低聲喝道：「放火！」

◇◇◇◇◇◇

在姬搖花撲上石台，大戰無情之際，下面的「北城」高手與「藥人」纏鬥，亦已有了變化。

「藥人」的攻擊，「北城」殘餘的人是接不下去的。可是自姬搖花被激上石台之後，「藥人」失去了命令，拙於應變，「北城」的人與「藥人」戰鬥已個把月，十分清楚這點，便利用暗器、地勢、身法等方式與「藥人」周旋，一時間尚支撐得下去。

姬搖花原想一鼓作氣，先斃了無情等再回來催動「藥人」，給予「北城」的人致命的打擊。

她沒有輕視無情的攻擊力，可是無情還是比她想像中更難應付。

而另一邊卓天成大戰周白宇，也有了一個分曉。

卓天成金鉤閃閃，就像天網一般，從天上撒下來，周白宇就像網中的魚，左衝右闖都闖不出去。

可是周白宇的人就像一支箭一般，反而向金鉤的漩渦中心連人帶劍衝去！

漩渦中心便是卓天成。

卓天成就像急流中的一塊巨石，急流撞上去，就成了橫掃八表的漩渦。

可是一旦把岩破除去，急流只剩下急流，不會再有漩渦了。

周白宇外號「閃電劍」，他劍勢一起，已刺向金鉤之中心。

可是漩渦立即不見了。

雙鉤一前一後，似鐵環一般，箍住長劍。

周白宇凝神定氣，以龍虎山人的「龍虎合擊大法」，內力源源撞出，透過劍尖，直逼卓天成。

就在這時，卓天成突然鬆手。

卓天成雙手一展，兩點青綠色的火芒閃電射出。

◇◇◇

周白宇臉色變了。

劍已被雙鉤鉤住，若抽劍回擋，十分不便，而且勢必不及，周白宇只好棄劍。

他一放手，雙手五指「手揮琵琶」，急彈而出。

就在他棄劍的一剎那，卓天成已反手撈住雙鉤。

可是周白宇這兩彈是嵩山的「仙人指」法。

卓天成料定他的成名「鬼火」，是任何人也接不下的，可是嵩山「仙人指」乃以指勁吐納，所以指不觸物，也能碎玉斷金，「鬼火」立即被彈了回去。

這種「鬼火」，稍沾身必全身潰爛而死，卓天成自己也無藥可救，大驚之下，只好棄鉤退身。

就在他棄鉤的同時，忽然小腹熱辣辣地一痛。

就是這一痛，他便像一隻被抽了氣的球，垮了。

那兩點「鬼火」便打在他的雙目上。

卓天成立即瞎了，在他慘叫到第三聲的時候，他便死了。

他至死也想不透，周白宇用甚麼方法，能如此迅速地撈住長劍，並刺向他腹中去。

◇◇◇

其實周白宇也來不及撈劍。

他只是在施「仙人指」的同時，也踢出一腳。

腳踢中劍柄，劍帶動金鉤，向前一撞，插入「南方巡使」卓天成腹中去。

這一下便結束了卓天成的性命。

卓天成一死，周白宇立即抄劍掠起——撲向白欣如與「雙筆白無常」崔嵬坡的戰團中去。

崔嵬坡與白欣如武功上本難分上下，白欣如劍法以陰柔綿延爲主，崔嵬坡的劍法卻以點、刺、捺、按、擦、戳、指、拖、夾、格、挑、劃爲主，千變萬化，再加上白欣如的應戰經驗本就不如崔鬼坡，所以越打越落下風。

就在這時，崔嵬坡右筆忽然直指白欣如的「氣海穴」。

白欣如長劍向下一壓，挑住鐵筆。

可是崔嵬坡的左筆倏然點向白欣如眼下的「承泣穴」，出手之快，像本來就是點「承泣穴」，跟原先點向「氣海穴」全然無關一般。

然而他的右筆仍逕直點向白欣如的「氣海穴」。

崔嵬坡有兩支筆，白欣如卻只有一柄劍。

白欣如玉指一抓，卻抓住了筆桿。

崔嵬坡陰笑一聲，雙手一震。

在一震的同時，兩管鐵筆之端，忽然射出兩團黑水。

這兩團黑水又腥又臭，當然不是墨汁。

任何一個人只要沾上一滴，後果絕不會比沾上「鬼火追命鉤」卓天成的「鬼火」好上多少。

白欣如花容失色，急把頭一偏，那團黑汁擦頰而過。

可是她只有一雙眼睛，當她發覺時，已避不開射向「氣海穴」的那一團黑汁。

就在這時忽然伸來一隻手，拇食二指一彈，嵩山「仙人指」勁逼出，那團墨汁忽然轉了個彎，然後四濺而出。

墨汁濺出，全射向崔嵬坡。

崔嵬坡恐懼這「墨汁」只怕要比卓天成害怕自己的「鬼火」還要來得驚怖，急忙半空中一連三個翻身，避出丈外。

他的人才落地，周白宇已貼身而至。

崔嵬坡雙筆疾刺而出。

忽然雙筆被雙鉤扣住。

崔嵬坡一見雙鉤，心中一寒，知道卓天成已凶多吉少。

就在這時候，周白宇鬆手，長劍反扎崔嵬坡小腹。

崔嵬坡雙筆被雙鉤掛住，無法施展，只有往後一躍。

但他只是一個人，周白宇加白欣如，是兩個人。

他背後也沒有眼睛，不知道白欣如的劍在等著他。

他也聽不見風聲，因「素女劍法」是以陰柔稱著的，出劍時快而不帶風聲。

當日白欣如與「武林四大名捕」之追命在「亡命」一役中，就是以這種劍法力戰無敵先生的「無敵杖法」，幾乎能克制住對方的快杖，但最後因功力不足，終於爲無敵先生所敗。

崔嵬坡就撞在劍尖上，他立即彈了起來。

可是周白宇的左掌，貫注了十二成的「無相神功」，同時按在他胸膛上，他便再也彈不起來了。

而且像死魚一般，凸著眼珠子，永遠也不再動一動了。

「雙筆白無常」崔嵬坡死的同時，「北城」中的高護法，已被三名「藥人」圍攻而死。

「藥人」也折了七、八名，可是「北城」的人，更加支撐不下去了。

周白宇掠起，立即就要加入戰團，白欣如立時拉住了他的肘，道：「這些人都是被姬搖花控制的，而今姬搖花已被無情等引上石台，不如我們合力圍擊而誅之，好過在這兒濫殺無辜之人，徒然無補於事。」

周白宇身形一凝，又急撲而起，拋下一句話道：「好！」

無情忽然沉聲喝道：「放火！」

姬搖花一怔，驀然發覺她身後是絕崖，而其餘三面，地上都有大堆的乾柴枯枝等易燃之物，上面又有破布濕衣之類，並且還有濃烈的火油味。

姬搖花的臉色立時變了，同時間她長身而起！

就在這個時候，左右兩旁同時丟出了七、八柄火摺子！

所有的易燃之物，都在極短的時間內燃燒了起來。

姬搖花飛身而起，火勢雖大，火頭雖高，但要攔住她一掠三、四丈的輕功仍是不易。

可是「唰唰」二聲，兩柄飛刀直射她「中堂」、「巽血」二穴！

姬搖花半空翻身，抄住兩柄飛刀，正提氣欲躍過火團，忽然眼前一陣模糊，然後一陣刺痛，心頭一慌，不禁提氣倒退回原處。

原來姬搖花在半空頭下腳上一翻之際，剛好與火頭上冒上來的煙打了個照面，煙薰及眼，而姬搖花只有一隻眼，另一隻眼平時也痛個不得了，再經煙一薰，怎麼耐得住？

起。

姬搖花明白了敵人陷阱後，又氣又急，氣紅了臉，口中怒叱一聲，又飛身而

這一次她拔起足有四丈高，避過火頭，直闖了出去。

無情左右手一翻，四支飛叉，急射姬搖花雙足雙腿。

姬搖花半空把手中兩柄飛刀射出，格開兩支飛叉，雙手一撈，又把另兩支飛叉撈住，正待飛過火線，忽然黃影一閃，一人挾怒鷹之姿、大海之勢，一刀砍來。

姬搖花只得展雙叉一格，「噹」地一響，兩人俱落了下來，黃天星持刀於火線之外，姬搖花仍在火線以內。

姬搖花提氣再起，這一下是怒極而起，無情一動，十顆青蓮子打出。

姬搖花在空中衣袖翻飛，十顆青蓮子全收入袖中。

黃天星大喝一聲，長空躍起，一招「橫刀斷水」！

姬搖花右叉一帶，竟把黃天星金刀斜斜帶出，眼看就要躍過火線，忽然一柄丈八長戟，直刺她僅剩的右目。

姬搖花左叉一架，憑手中一柄半尺不到的小叉，居然叉住丈八長戟。

姬搖花馬上閃身，企圖在鄺無極與黃天星之間閃將出去，可是，迎面來了一柄劍。

戚紅菊的劍！

姬搖花怪叫一聲，力已盡，氣已衰，半空一個翻身，翻回火線之內，正欲再闖，忽然烏天暗地，淚流不已。

原來在這些易燃之物上，置有不少濕衣爛布之類，火頭一旦燒上這些物件，即起濃煙，姬搖花三衝不過，煙已生起，而且極濃，況且風吹向斷崖，姬搖花又只有一隻眼睛，所以幾乎甚麼也看不到。

而且火頭快要燒向斷崖，就算不是，姬搖花的左眼如此疼痛，再給濃煙一薰，無論怎樣也撐不下去了。

姬搖花尖嘶一聲，這一下，是傾盡全力而爲。

這一拔起，借岩使力，竟有四丈餘高！

她衝出濃煙，勉強可看見一點事物，袖中的青蓮子立時盡向無情射出。

因爲她現在不能視物，又被濃煙所罩，火頭之燃燒聲不絕於耳，最忌的就是無情的暗器。

風向斷崖吹去。

姬搖花人在煙中，往外看就很不容易，但由濃煙之外看衝出來的人，就並不困難。

無情正想發出暗器，可是暗器已向他射來。

他立刻射出十顆鐵蓮子，撞落了青蓮子。

可是他這一阻延，姬搖花眼看就要越過火線。

姬搖花這一次是竭盡全力而來的。

酈無極立時撲了上去，長戟猛向姬搖花戳下去。

姬搖花長嘯一聲，一叉擋住長戟，人已欺入，另一叉刺入酈無極的咽喉。

完全刺了進去。

酈無極雙目忽然暴瞪，他一生已敗了一百廿八次，這一次是要了他的命！

可是，酈無極的命也不是這般容易要的。

他放戟，張手抱住了姬搖花，兩人立時往火海裡掉下去。

姬搖花大驚，同時間已放叉，擊中了酈無極不知多少掌，可是酈無極仍沒有放手，雖然他脅骨都碎了。

兩個人都掉到火堆裡。

這是驚心動魄的一幕。

姬搖花的右眼立時甚麼也看不到，可是她一到地，立時以掌切斷了鄺無極雙手，自火堆裡衝了出來。

她居然還能辨識方向，可是出來時，身上已灼傷了七、八處，有四、五處還在燃燒著。

更重要的，是她雙眼一時甚麼也看不到。

可是無情卻看到她，黃天星也看到她，戚紅菊更不例外。

三人一齊衝了過去，姬搖花已衝出了火幕，再不把握機會，是殺不了她的。

無情是用兩粒鐵膽「衝」過去的！

姬搖花正待撲熄身上的火，忽然雙手一合，抓住一粒鐵膽。

但另一顆卻打在她的腿上，立時可聽見骨頭碎裂的聲音。

姬搖花武功奇幻莫測，最可怕的是她的輕功。

而今一條腿骨已碎，等於把她最厲害的武器奪去了。

黃天星吐氣開聲，一刀「獨劈華山」砍了下去。

這一刀勢不可擋，快而完美，找不出一絲破綻，但只錯了一點。

黃天星不該在出刀時吐氣揚聲。

姬搖花立時聽聲辨位，舉起鐵膽一擋，刀砍在鐵膽上，「叮」一聲，星光四迸。

這一下短兵相接，姬搖花一腿已廢，登時被震倒於地。

可是黃天星也退出五步。

同時間姬搖花聽音定向，手中鐵膽全力擲出。

「砰！」鐵膽擊在黃天星胸口上，黃天星噴出一口血，血灑落火中，黃天星仰天而倒。

這時，戚紅菊的劍也到了。

戚紅菊與黃天星幾乎是同時出手的，只不過黃天星武功較高，所以他的刀先到。

這只不過是電光石火間所發生的事。

而姬搖花身上的火仍在燃燒著。

可是她立即抓住了戚紅菊的劍。

戚紅菊的劍快，但卻挾有風聲，有風聲她就能擋。

同時她也抓住一支飛燕鏢。

戚紅菊在衝來的同時，已打出了飛燕鏢。

不過她打出不止一枚，而是三枚。

就在姬搖花抓住劍的剎那間，兩枚飛燕鏢尖梭一齊釘入姬搖花的胸前。

鏢一入肉，姬搖花的全身內力也聚到了胸前。

鏢入肉三分，便再也刺不下去，反被逼得倒射出來，隨著鮮血一起噴出來。

內勁轉至胸前，姬搖花握劍的手，立時出了血。

但她還是緊執不放。

飛鏢倒射戚紅菊。

戚紅菊的另一隻手五指箕張，食、中二指與無名、尾指各夾一鏢。

可是同時間，姬搖花的另一隻手，也完全沒入她的胸膛。

沒有慘叫，只有怒叱。

戚紅菊幾乎是馬上斃命的，怒叱的是梅劍、蘭劍與竹劍。
只聽無情乍喝道：「退回去！」
只是戚紅菊這一死，三劍婢是寧死也不退回去的了。
所以她們也就死了。
姬搖花一殺了戚紅菊，她的手立即向身上幾處拍了下去，那幾處正是焚燒著的地方。
她的手帶著戚紅菊身上的血，凡手按處，火便奇蹟地消滅了。
這兩隻手帶著血，帶著傷，只是無堅不摧，任何武器她都可以一手拿住，凡是人碰到她這雙手，非死即傷，連光輝燦爛的火，碰上了她，也變成黑暗。
這是一雙神奇的手，也是一雙可怕的手。
火光給拍滅，三劍婢便至，三婢同時出劍！
姬搖花也立時出招——兩手一腿，一齊攻出。
然後是血，三劍婢倒飛入火堆裡，帶著血。
可是就是姬搖花雙手一腿尚未至收回之際，四條青衣短小的人影閃電般躍出，兩道銀光、四道厲芒也同時泛起。

兩道銳光沒入姬搖花雙臂中，一道厲芒沒入姬搖花腿中。

還有一道金芒，卻沒入姬搖花腹中。

姬搖花的左腿已被無情的鐵膽敲碎了骨，所以無法防禦從下盤的來襲，金劍就插在她腹中，其他兩柄劍，就插在她雙臂右腿上。

四劍童也立時飛起，好像電殛一般，扎手扎腳的震落石台去。

然後姬搖花也倒了下去，完全地倒了下去。

在這片刻間，她使「滿天暗器」姚一江葬身絕崖，殺了「逢打必敗」鄺無極，殺死「小天山燕」戚紅菊，使蘭劍、梅劍、竹劍喪生火海，令「大猛龍」黃天星倒地不起，連「四劍童」也生死未卜，一共殺傷了十名武林高手。

可是她也倒下了，身上被燒炙了七、八處，皮都焦了，胸前有兩個小孔，是飛燕鏢所釘的，右手掌被長劍劃了一道口子，又深又長，左腿骨被無情的鐵膽打碎，右腿上嵌了一柄劍，左右雙臂也是。

要命的，是腹中也嵌了一柄短劍，幾至沒柄。

但她還沒死，蜷伏在地上，在慢慢蠕動著，也不知是痛苦，還是因爲懊悔，竟輕輕哭泣起來。

這一下，火海邊只剩下她和無情兩個人。

姬搖花吃力的、艱辛的，舉起了完美無缺的左手，輕輕地搖擺著，向著無情。

就在這一刻，無情想到紫柏山上，浮雲、明月、石上，姬搖花纖細的手，溫存地遞給他一塊燒熟了的兔腿。

那晚輕輕的語音、溫柔的笑靨，加上他寂寞時有人聽他的傾訴，彷彿天涯遊子終於回到自己的家園，那一股溫暖中帶著吃驚，甜蜜中帶著迷惘，無情是永生不忘的。

那是不是……是不是就是愛情呢？在無情孤獨的生涯裡，冷酷的行業中，是甚少遇見過，甚至是還沒有遇到過的，所以無情不知道……愛人不比敵人，並不是可以立刻下判斷的事。

那晚的風清，那晚的月明……而今那纖纖的玉手，竟變成了血手——無情的心，不覺一陣陣絞痛。

就在這時候，他聽見姬搖花殘弱無力的聲音，這樣地呼喚他：「無情……你……你過來……」

無情不是無情，不是不能無情，而是人非無情。

所以他雙手在地上一按，平平飄到姬搖花身前。

姬搖花滿身浴血，不但不能站立，甚至連移動也極艱難，可是她的容色，居然還很艷麗。

是迴光返照的一刻？使她的容顏恢復往常的美麗？

她瞎了左眼，已永遠不能再睜開來——但她的右眼已經可以看見東西了，火勢已慢慢平息下去，燃料已近燒完，濃煙密聚了一陣，因爲風大，現在已全消散了。

也許被煙薰過後的眼睛，因被淚水洗過，對這世界會看得更清楚一些——不過在姬搖花來說，這清楚，可能是最後一次的清楚了。

只見姬搖花乏力地笑了一笑，道：「……你的智力很好……你的暗器手法也很好……你的轎子也……它給我毀了……你……你傷不傷心？恨不恨我？……」

無情搖搖頭，他被毀的其實不是轎子，而是他的心。

轎子毀了，只要人在，可以再造。心呢？

「我知道你恨我騙你……我……我也不求你原諒我……」說到這裡，姬搖花呼吸急促起來，雙頰也熱紅了起來。

「那些『藥人』……他們還有救……我要告訴你……救他們的方法……」只見姬搖花緩緩伸出了手，這左手沾上了血珠，但仍顯得那麼如玉如琢——掙扎道：

「我……我只要你在我臨……臨死前，握一握……我……的……手……」

「人之將死，其言亦善」，無情的眼眶有些光影，是因爲感動，還是悲傷？

他慢慢伸出了手與姬搖花的手握在一起。

陽光下，這一雙緊握的手，從一隻變成兩隻都沾染了鮮血！

可是這難得的和祥，突然變了。

變得極快！

姬搖花的手忽然一滑，已扣住無情右手之脈門。

無情臉色大變，左手已扣住三枚袖箭。

姬搖花的手一緊，無情咬牙苦忍，手中箭俱已墜落。

了。

然後兩人就僵在那裡，一雙手依舊是緊握著，不過已完全沒有一絲和諧的感覺了。

接著下來的是姬搖花的笑，得意且痛快的狂笑，如一隻大梟。

她一面笑，手一面用力，無情的臉色由青轉白，大汗如豆滴下，遍佈臉上，濕透全身。

這時，兩道白衣人影已直射向石台來。

這兩人一上石台，便呆立當堂，他們沒料到所觸目的是這樣一幕慘烈的情景。

「金銀四劍童」分別倒在石台前，呻吟輾轉卻爬不起來。

火已熄滅，偶然有煙冒出，那兒倒著酈無極與三劍婢的屍身，火堆旁倒著戚紅菊的屍身，以及生死未卜的黃天星，而姚一江早已屍骨無存。

這是一場何等慘烈的戰鬥！

而姬搖花滿身浴血，卻緊扣著無情的脈門，狂笑不已：「你以爲他們還會有救嗎？告訴你，廢人，一旦成了我的『藥人』，便永不超生了。」

無情沒有作聲，這時他已沒有話說。

第二次了，第一次他在「北城」內，也是被姬搖花這樣用計，扣住了他的脈門，要不是薛狐悲出襲，只怕他早已被凌遲處死了。

這是他第二次上當了。

是甚麼事物，蒙蔽了無情聰慧的眼睛呢？

無情只覺得自己是笨蛋，天下第一號的呆子。

這時姬搖花忽然一聲斷喝道：「站住！再走近一步，我就先斃了他！」

周白宇與白欣如已折至姬搖花身後，正圖欺近，姬搖花馬上警覺，周白宇與白欣如不敢再進一步。

姬搖花忽然全身抽搐了一陣，但手仍緊握無情的脈門不放，好一會才用一隻眼睛陰鷙的掃視全場，冷笑著說道：「我要挾持你，跟我一道回去，這樣，他們才不敢向我動手——你放心，只要我這次能活著回去，待我養好了傷，今天在場的這些人，絕對沒有一個能夠活命，包管與你共赴黃泉。」

無情沒有開口，姬搖花手中的真氣一直在撞擊著他。

五臟六腑像被掀開來一般難受。

姬搖花忽然發出一聲尖嘯，嘯了一陣，大概因爲疼痛而停了，喘息了一陣，又尖嘯起來，石台下的「藥人」，紛紛停手，搶上石台來。

姬搖花是要挾持無情爲人質，然後用「藥人」保護她全身而退。

而且只要她還有活著一天，她誓必報這個仇。

姬搖花四肢全傷，胸腹受創奇重，出手已慢，可是她的真力未散，就算以黃大星如此內力深厚的人，也未必能抵受得了她在脈門下真力一摧，更何況是無情。

周白宇、白欣如也怔住了，姬搖花與他們是血海深仇，但無情遠道而來，爲的是協助「北城」，而今有難，他們斷斷不能眼看他死在姬搖花手裡。

可是一旦讓姬搖花成了縱虎歸山，不單是「北城」與其他三大世家，整個武林，也永無太平了。

只聽姬搖花獰聲大笑，道：「你跟我去吧！」左手一緊。

正在這時，無情目中忽然神光暴長，開口喝道：「不！」

烏光急閃，自他嘴縫急打而出。

姬搖花算準無情絕對無法出手，但絕沒料到暗器自無情口中射出！

她想躲已遲。

烏光直沒入她的咽喉，完全插了進去，而且，切斷了她的喉管。

姬搖花雙目暴睜，喉嚨咯咯作聲，無情全力一掙，竟掙不出姬搖花的手。

就在這時，周白宇已一掌切下去。

「無相神功」凡至之處，可斷金碎石，這一掌切下，姬搖花的左手登時「格托」一響，垂了下去。

白欣如的劍也立時到了，風聲全無，已自姬搖花的後胸，就像當年追命一案中，她刺殺無敵公子一般。

姬搖花瞪著眼，看著無情，血染全身，緩緩伸出帶著劍傷的右手，遙指無情。

白欣如畢竟是一個女孩子，眼見此情此景，不禁嚇得鬆手後退，連劍也不敢拔出來。

姬搖花手指顫抖著，似乎想說些甚麼，可是，終於說不出來，便在靜靜的陽光中，緩緩伏倒在地上，永遠，永遠再也起不來了。

「魔姑」姬搖花終於死了，為禍江湖，令人聞風色變的「四大天魔」及十六名手下，終於全被殲滅了。

那些「藥人」正衝向石台，姬搖花一死，他們像曬乾的柿子一般，就倒在石台的斜坡上，跟姬搖花一樣永遠也爬不起來。

他們已沒有了靈魂，只有一副行屍走肉之軀體是屬於姬搖花的，姬搖花一死，他們自然也活不下去了。

其實自從他們被姬搖花所擒後，他們根本沒有再活過。

「四劍童」並沒有死，只不過是給姬搖花震昏過去而已，就在那一刻，姬搖花已中了四劍，並沒有足夠的力量把他們殺掉。

黃天星也沒有死，不過傷得很重，那一顆鐵膽，碎了他三根脅骨，以及一身嚴重的內傷。

不過「大猛龍」黃天星縱橫江湖五十餘年，這一顆鐵膽，他還挨受得起。

無情就怔在那裡，也不知是高興，還是難過？

他自己也不知道，這究竟是一場勝仗，還是敗仗？

「你……全無武功，這點也是人所皆知，所以你那一招最後的置人於死之法，盡可能在萬不得已時才使用……」這是諸葛先生在他臨行前對他的勸諭。

現在他使用了，沒有人料得到他最厲害的一著，是以嘴噴出暗器。

連姬搖花也避不開去。

他被扣脈門之後，一直沒說過話，便是要運聚勁力，認準時機，給予這致命的一擊。

他是成功了，不過他一點也不開心。

周白宇望下石台，只見「北城」僅存的五十多人，也仰首望著他，他只覺得好疲倦，極疲倦，實在像千萬斤的石擔，壓在他身上。

不過姬搖花是死了，仇也報了。

只要他活著一天，他必能重新在「北城」撐起來的。

白欣如輕輕走了過來，依偎著他。

無情忽然聽見一陣馬蹄聲，隨目望去，只見兩個帽插紅翎，身著藍衣勁裝，腰繫紫帶的人，正快馬奔向石台。

無情劍眉一揚，因為他知道，這兩人是京城兩名捕頭，就算是兩百名捕役，可能都及不上這兩人的精明能幹。

能夠遣使他們的，只有諸葛先生一人，除非有天大的案件，否則也絕不會動用他們倆。

這兩位捕頭好手顯然是日夜跋涉，趕路來找無情的。

也就是說，有更棘手的案件，等著無情去辦。

無情望望烈陽的天空，荒蕪的褒城異石，台上的死屍，他那憂悒的神情，也不知是振奮，還是倦乏？

稿於一九七六年二月十日前後第一屆神州福隆大聚會時期
校於一九九〇年八月廿三日
重設三缸陣，九獲入台証

請續看第四冊《會京師》

附錄

【高手中的高手，溫瑞安訪問記（上篇）】

．人做自己喜歡做的事是不會厭倦的．

陳國陣（以下簡稱「陳」）：我們知道你從十六歲開始，在馬來西亞寫出《四大名捕》故事第一篇《追殺》在香港《武俠春秋》發表後，就開始撰寫武俠小說，陸陸續續的寫了逾七百部小說，以你的年紀而言，這紀錄足以進入「健力士（金氏）紀錄大全」了，更何況你不只寫武俠小說，從詩、到散文、雜文以及人物傳記，還有文學評論、政治分析、戲劇腳本乃至各種各類的小說，都著作甚豐。其中有一部小說集，叫做《雪在燒》，更一口氣收羅了十二種不同類型的小說，包括了：懸疑、偵探、文藝、言情、心理、歷史、科幻、武俠、詭異、象徵、寓言乃至反小說小說，簡直是一次小說多面體的大展示，該集子的書名還給拍成了電影，唱成了風靡一時流行曲。你在推理小說上，也有重大的建樹，成爲中國文壇少有的重要推理小說代表作家之一。至於新詩和散文，更給收錄在各國各地的代表性文學選集裡，達八十一種之多，而早年的論文亦結集成書，造成相當可觀的影響力。全部著作加起來，恐怕已逾千冊了吧？這無論在任何時代任何國家，都是驚人數字。然而你還那麼年輕，不過，我們最感興趣的還是你的武俠小說。從你開始創作算起，你已寫了足逾二十五年武俠小說了，是甚麼事情使你仍那麼醉心寫武俠小說？爲甚麼會對武俠小說創作仍不厭倦？

溫瑞安（以簡稱「溫」）：興趣。

陳：嗯？

溫：人做自己喜歡做的事是不會感到厭倦的。

陳：可是你是一個寫作的多面手。有人給評論家稱爲「左手寫詩，右手寫散文」或左手寫甚麼，右手寫甚麼的，可是，你幾乎無一種文學類型不曾下過功夫，且都著作甚豐，若要形容爲那一雙手寫甚麼，那非得要連腳一併算，千手百臂不可！你一直對文學小說、現代詩和純散文非常鍾情，早年還因辦「文學社團」而揚名，寫詩或先成名於新、馬和台灣文壇，難道相比之下，現在你對這些都不如武俠小說感興趣？

溫：也不然。事實上，我仍有在寫武俠以外的作品，並沒有中斷，在海外報刊雜誌上，我仍在寫專欄、鬼故事乃至遊記專題。只不過，讀者對我的武俠小說反應特別熱烈，透過各種方式和渠道，千方百計的要我寫下去，所以，我也只有多貫注時間在武俠小說的創作上。這就像我在編導製作一齣舞台劇一般；「武俠」是我佈在台上的一名重要演員，大家都喜歡看他演戲，而他也特別搶鏡頭，剛好劇情正集中到他身上，而射燈也投在他身上，我只讓他盡情發揮了。我寫武俠的處境也是這樣子。正因爲寫的人不多，而用心認真寫的人更少，用心認真而又寫的好更是鳳毛麟角，所以，我這還能寫、有心寫、且寫了還有些讀者願花時間去看的作者，自然該爲「武俠傳統」的延續，多費些心力，多做點好事。

陳：你說讀者對你寫的武俠小說反應較熱烈，這點我們非常清楚，也很震動。別的地方不說，早幾年我們到中國大陸旅遊、辦事，就發現大街小巷，全是溫瑞安。作為一個來自馬來西亞一個山城小埠的小子，能夠同時名震中國大陸、港、台、新、馬，所有華人地區，實在讓人震佩，而且也好像是「前無古人」，迄今也「未見來者」。在大陸所見，不僅是溫瑞安、「偽溫瑞安」還有「冒牌溫瑞安」。冒充你的名字的，我這兒記下來的就有：溫瑞安，這是真的，但內容一看就知道是假貨；還有濕瑞安、溫端安、溫瑞汝、湯瑞安、溫一安、溫安、「溫瑞安註冊商標」、溫瑞女等等。有資料顯示，你自從一九八七年《四大名捕會京師》在中國北京友誼出版社推出以來，至少已見的就有三十五個版本，每種售以萬計或十萬計，數字非常可觀，你的著作太多，種類又豐，相信絕對是以百萬為計算單位，故在九一、九二、九三、九四年裡，給人稱作「溫瑞安熱」到「溫瑞安旋風」，在神州大陸風靡一時，反應不僅熱烈，簡直是激烈。連在發行銷售上未臻完善的內地書店，也到處可見「溫瑞安武俠系列」的專櫃，風行可見一斑。這大概就是促使你往武俠的路子上走下去的原因之一吧？

溫（微笑）：我的確是個「鄉下小子」、「山芭仔」。我運氣好，種豆得豆，轉禍為福。

·通俗是一種美德·

王鳳（以下簡稱「王」）：還不止呢！大陸和香港都習慣把你和金庸、梁羽生、古龍四人並稱爲「武俠小說的四大天王」。而今，金庸封筆，梁羽生年事已高，古龍仙逝，能寫的，受人注目的，有極大影響力的，而且還在寫的，就只有溫大俠你，故此曹正文曾寫論評表示最看好溫瑞安，江上鷗也認爲你的武俠小說別出蹊徑、寫前人之所未寫，倪匡在多年前就已感慨武俠小說就你在獨持大局了。我們還知道你的武俠小說在中國大陸不但翻版多、假版多、冒牌多、盜印多，而且，經你授權的正版也可以破例在中國北、南及中部地區省份三家聯手並出，可見對你作品之寬容和其流佈之廣、銷售力之巨。故而，武俠小說又帶動了你其他的作品，光是以類似「溫瑞安全集」形式出版你個人各類作品的，我們就找到超過三、四家——有多少文學巨匠能在他在世時就能出版全集的？何況你還那麼少壯，又依然活躍於文壇。看來，這也難免引起人羨慕和妒嫉吧？另者，太多假僞冒牌作品，對你大概也製造了不少煩惱吧？

溫（笑）：簡直是「不勝其擾」。僞作太多了，以致初買我的書的人，無所適從。我寫武俠小說，除了興趣之外，還抱持了個目標，那就是發生好的影響。也就是說，儘管我難免因爲讀者的需求而多寫武俠小說，但就內容上，我決不會給牽著鼻子走，不會因爲讀者愛看甚麼，就寫甚麼給他們看。我認爲作者與讀者的關係是光和電、水和魚、時勢和英雄，是相對的、平衡的，互相輔助帶動提升的。

我認爲從事藝術創作的人總得有點「抱負」才行。有人或許會訕笑：寫流行小說的，還那麼固執幹啥？其實不止於武俠小說，任何藝術類型，包括電影、電視、音樂、造型藝術等等都得要貫注點「心力」才行。這點「心血」就是「抱負」。沒有這個，作品就只是「行貨」，一時的消費品，或者純粹是一種粗製濫造，僅供發洩的東西。那不是藝術品。做人沒有目標，創作缺少抱負，那都是不行的。暢銷一時或許尙可，長銷風行、獨領風騷則缺少條件。

一味模仿我的人，就是缺乏了點「神髓」，很令人惋惜。正如只會抄襲金庸、古龍的人，頂多只得其形，不見其神。花那麼多的心力時時去模仿，不如好好的去充實自己創新。只顧著滿足市場和讀者要求的作家很危險，難道他們喜歡暴力就不斷寫打打殺殺，喜歡色慾就不住的寫姦媾性交嗎？這樣寫下去，不是拳頭就是枕頭，作品就低俗了，人格也不堪了。武俠小說就難免讓人鄙薄了。通俗是一種美德。通俗本身就很不俗，但決非「低俗」。低俗接近下流。我寫武打是為了表達「俠義」而寫，那是一種優雅而必須的暴力，而寫性是為了要表達愛，或對人性深處作審視挖掘。其實我對模仿我的人，乃至盜版我書的人，在心中都感謝和惋惜。

王：感謝？翻版你的書，是對你利益的侵害；抄襲你的人，是對你作品的一種傷害，說惋惜，還可以，若也有感謝，豈不矯情？

溫：不，不。我非常不矯情，也不喜歡矯情的人。事實上，就是因為我不太喜歡矯情，而得罪了些人，但如果不矯情能讓我活得自在些，能讓我尊重的朋友聽到真話，能夠使人事實求是些，我還是少不免要得罪人下去。

我之所以感謝，是因為別人肯花那麼多時間、心力、金錢（以及冒險）去模仿我的文風，那想必是為了喜歡和由衷的認為它寫得好，才肯那樣的「不惜功本」。

那其實是一種「支持」，也是一種「恭維」。至於盜印、翻版，更是「賞面」；至少認爲我的書好看、好賣、有讀者支持，才會有這種「投資」，更是一種「信任」。此風不可長，這點固然；但別人給你面子，「暗中」支持你，你總該「要面給面」才是。老實說，若在港台這些已十分注重知識產權的繁榮之地，再有這種情形，那就應該以法律追究到底才是。我在八十年代蒙冤離開台灣，大約八三、八四年就有出版社用了我名字作爲「註冊商標」，於是，「真溫瑞安」反而不如「假溫瑞安」合法，因爲我護照上還真沒有中文名字，直至我取得香港永久居民證方才填上。不過，那次的事，也沒有嚴加追究，八七年時我重返台北，報刊披露了這消息，輿論施予壓力，該出版者主動表達了不再知法犯法，加上好友王達明從中斡旋，事情就此了結。

·稿費收入最高的作家·

可是，在中國大陸，這種「輿論壓力」卻不十分普遍、彰顯，加上地方實在太大了，流動性太高了，也不好查辦。再說，大陸在出版文化企業上，雖然擁有極為可觀、龐大的市場，但未完全高度商業化、制度化與現代化，在這種情形下，很多「有志者」卻積極找法律漏洞求生、求存，我覺得在內地一些鄉鎮消費能力還不十分高的情形下，我的作品因翻版而讓人比較有能力購買、負擔，未嘗不是在「社會轉型期」的偏差，但也是一件好事。如果我的書有益於世道人心，對文學風氣有助，那也不啻是一種「功德」。所以我大多「啞忍」，並暗中多謝他們的「印書支持」，只要不太過份便不為甚已。

只不過，剛才說「不勝其擾」也在所難免。有時候，偶然發現大陸書報攤有「溫瑞安新著」的《復仇劍》、《情人劍》，又有溫瑞安「皇皇鉅著」，《天龍八步》、《好小子魔劍》，真是頭為之大。心裡想過，真要冒充我書，何不弄個好一點的名字（眾笑），要弄不出來，來電來信好了，我一定給你們想一想好一點的（眾大笑）。……嗯，譬如：「低溫火燄」、「我好想殺你」、「大話小說」、「在山頂上漫步的法蘭西」、「到河對岸採花的德意志」、「你沒有錯，羅俄斯」、「你是對的，利大意」……你看，五花八門，中西合璧，宜古宜今，應有盡有，這些才是標準我起的標題，不是最近很多人都喜歡用這種書名、題名了嗎？「雪」是可以「燒」的《雪在燒》、「夢」可以不朽的《不朽若夢》、「空中」居然有「大石」的少年名捕系列：《空中大石》、「夫人」竟然能夠「借」的超新派中篇武俠《請借夫人一用》，可不是嗎？我這兒可以免費提供的呢（大家樂不可支），歡迎索取。說不定，還自動要求爲對方題字，寫後記、校稿呢（大家笑個滿堂）！

可是，現在卻用甚麼《色慾魔花》的書名，多難聽呀！多難堪啊！有一次，九四年，我在廣州白雲賓館對面書攤，赫然發現一本「溫瑞安親授版權嶄新鉅著」，《慾海情俠》，哇！要命！因未拜讀，原作者又不肯送我一套，只好掏腰包去買，結果，手一拿起溫瑞安鉅著，對面那個我一直留意著長髮飄飄、白衣清秀的美麗女孩，白了我一眼，薄唇嘀咕了一句，大概是「下流」吧？也許是沒有想到我居然會買這種書（大家哄笑起來）！嘿，嘿！嚇得我沒鞋挽屐走。不，逃。假如她知道我就是「溫瑞安」，說不定更有得好受呢（衆笑不已）！唉，要是找我取書名，就用「逃花」吧，逃走的逃，花朵的花。多好，就不必給人用有色眼光側目而視了（哄笑）。

王（忍笑）：這麼說，這些翻版本、盜印本、假冒書、僞作，還是給你很大的傷害與困擾了。不是嗎？我們都知道，你的稿費相當可觀，最近十二月份香港的《壹週刊》還說你是目前中文作家裡最高收入的。又說你現在是「四大天王」之一，但因爲年紀輕、有魄力、創作力充沛，必然成爲「唯一天王」，你好像也有此志。可是，僞作那麼多，還有大量假書，豈不令讀者無所適從，萬一看了不滿意，也影響了你個人名譽，大大減低你的稿費收入？

溫（有點急於說明）：有幾點務需要澄清的：

一、香港《壹週刊》來訪，交談不久便問起：「人皆認爲你是『四大天王』之一，但金封筆，梁不寫，古已逝，你對自己將來怎麼看？」我回答：「現在我是四大天王罷了。」。交流數小時後，訪問者態度極表誠意，我也與他頗爲投緣，臨送他出門時，他忽又重問了一句剛才的問題，我還是答：「我現在是四大天王罷了。」他笑說：「你很固執。」，我笑說：「擇善固執而已。」，我沒有說我是「唯一天王」。我回答，你可以當我是自謙：現在我忝爲其中之一，日後自有人取代。當然，你可以當我是自負。我沒說明我的態度，我也不需要說明。「唯一天王」的說法，是揣測亂寫的。

‧寫一篇、發表幾十年；寫一天，玩一個月‧

順此也澄清：該週刊同期發表了至少六位女友的相片，並附說明：「我不介意公開她的玉照，包括妓女。」這是錯的。因為所公佈相片裡的女子，她們都是我女友，她們都不是妓女。當然那訪談裡也有別的誤解，但都不重要。我們總不能只聽好的，不能聽壞的，說不對的，大可當是開玩笑，一笑置之。我個人從來不怕任何人誤解，而且也不大理會別人如何看待。我是個獨行其是，旁若無人（但不是目中無人）的人。我膽大，但不妄為。我敢作，但有所不為。不過，所發表的相片，都是良家婦女，她們跟我在一起，都是以真情相交，現在雖然都已和氣分手，不無悵惘，但仍是朋友。如果讀者對我有誤解，無所謂，我承擔得起，可是如果對她們有誣蔑，那我就能挺身維護、澄清，不能讓她們受此委屈。

二、我的稿費相當高，但若以一次發表論，卻不一定是最高的。不過，如果加起各種版權總合而言，那每篇小說稿費可以說是相當可觀的。拿二十年前寫的《布衣神相》來說吧，甚麼電影、電視以及你想得出的版權，都賣過了。《少年冷血》一書光是在中國大陸就有七、八個不同的版本。同是當年我在台大求學時期所撰寫的《神州奇俠》故事，到現在還有報刊在連載。像《將軍劍》，是有韓文版、外國翻譯連載。電影、電視版權，又分港、台、中等地，而且日新月異，最近又有其他的電視網路、影碟音像和娛樂傳播媒體，發表出版權則更寬廣繁複了。新、馬、港、台，還有中國大陸、美、加、日、韓，發表一次給一回稿費，再過十年八載，可能又登一次。我十幾年寫的作品，到現在，還在連載，還在發表，還在刊登，還在出版，也還在拍成影視劇集，有的甚至給改編成舞台劇、廣播劇。如此說來，我每個字豈止十元（港幣）稿酬？加上我寫的快，神思集中，一小時閒閒地可以四千字，有時，一天甚至可以寫二萬二千字，然後拋下筆桿大玩特玩去，玩足一個月，回來再寫一天了事。寫一天，玩一個月，寫一篇，發表幾十年，天下那有如此樂事！

唯有這個算法，說我稿費高，那還可以成立。不過，「高不勝寒」，宜「居安思危」。

三、對於中國大陸有我大量的盜版、僞作，我決定讓他們有一個「喘息的時候」，不忍相逼過甚。大家都是文化界中人，如果我的作品能讓大家賺大錢，那是我的榮幸，要不忘了我這「字字皆辛苦」的原創者，讓我賺些小錢，那就皆大歡喜了。當然，先決條件是不要太過份。在大陸，市場大而亂，你要「一統江湖」，一版面世，還真不易克服。

陳：有沒有很過份的例子？例如：剛才用你的大名去出版一些黃、黑、灰色小說下流的作品，對你的名譽有損，你又如何看待？聽說你的《少年四大名捕》，沒出完就已給人續寫《少年無情》，且賣得很好，出版的人馬上發了財，買汽車、洋房、手提電話，取姨太太，可有此事？

溫：當然難過。因爲假書、冒版太多，無法一一拜讀（眾笑），說不定，其中也有寫的比我好的張冠「溫」戴，對我是「冷手拾了個熱煎堆」了（大家爲之絕倒）。你們別笑，連倪匡的《六指琴魔》，古龍的《蕭十一郎》、蕭逸的《西風冷畫屏》在大陸版本，也是以我的名義出書呢。真是沾光。

至於你們聽到傳聞，早有大陸文友相告，內容也近似。那也許是他們的「冒版作」寫的太好吧，以後讓我也冒充他們的「僞作」掙點零用錢（大家莞爾）。要是真能那樣賺法，那也是他們的本事。對於僞罪、冒名的，我最深痛惡絕的是，寫一些意識不良，文字低劣，卻騙取讀者的「血汗錢」。要知道，在大陸好些還沒「富起來」的地區，年青人好不容易才儲一點錢買本心愛的小說，卻讀了這等「行貨」，可知道對他們的心靈有多大的傷害。要是爲了「溫瑞安」的名字才買，我是責無旁貸，造孽了！如果是首次買我書的，讀到是這等「貨色」，我的「招牌」也從此得垮了。但如果寫的比我好的，又肯用我名字發表，我不但佔便宜了，同時也爲那麼有才華的作品卻不打正旗號出書，深爲痛惜。

如果冒充我寫法可以像傳說中出版人那麼賺錢，看來要比原作者還好撈，改天我也想充當一下他們的角色呢（衆笑）。話說回來，我因爲給中國各方面擁有我作品版權的出版人逼急了，他們擁有版權阿量而精心的企劃投資、宣傳廣告，卻讓冒名、盜印者得利，這說不過去嘛，好些人一定要我「告」他。我仍不忍相逼。大家都是文化人嘛，「相煎何太急」，到後來，只好寫一篇「後記」應應景，讓「正版」投資者「消消氣」。寫的好像還挺溫和的，只表示保留追究權，而且還能對我在港、台、新、馬的盜印而發的，結果給人傳真臭罵一頓：要我好看的，表明以後變本加厲，凡是我的新書都續寫，而且連我頭髮少、個子不高還有美女相伴都罵在內了，連金庸過去在中國大陸遇上翻版盜印也不敢聲張也引為例，一並以為禿頭是「聰明絕頂」的表徵，人矮是「雞立鶴群」圖「出位」（突顯）絕招呢！（大家為之絕倒，笑聲不絕）倒是給他罵「醒」了。

·最難擬摹的武俠大師·

王（正色肅容）：那就太過份了，惡人先告狀，耍流氓嘛！可有生氣？大陸文壇在這方面有輿論主持公道的嗎？

溫：生氣？才不。只有點遺憾是我明白他的處境，他不明白我的心意。犯不著為這種小事生氣，也該站在他的立場上設想。他大概也受到很大的壓力，所以才採取這樣姿勢。我還是當他是我的朋友，在可能的情形下，我盡可能不作任何傷害朋友的事。

中國大陸文壇當然也有清流，更有俠者。像李榮德便是一位。他熱心、有魄力、識見，做事有正義感，有一股撼人俠風，大可為中國武俠重振聲威做點事。他和米舒、周清霖都很愛護我的作品，在內地做了許多推動我小說的工作。我在大陸有兩位知交俠友沈慶均和韋爾立，為了我書假版的事，到處奔走，卻頹然無功。這還不打緊。原本正版發行出去的書，好賣是好賣，一下子都賣光了，款子都收不回來。他們親上東北收款。說來有趣：一次到了書店，店主是老人家，病了，住院，錢沒著落。於是沈、韋二兄去醫院探他，對方躺在床上，在吊鹽水，有氣無力的說：「你要是跟我收書款，不如就把我這氣喉針頭拔掉吧。」為了基本的人文道德，兩人只好退出了病房。

有一回更妙。到了發行經銷處，一聽有人來收錢，立即有七、八個打著赤膊、紋身刺青的爺們出來，「招呼」幾乎沒有，便馬上上馬演出武鬥。前例是礙著人情世故只好放他一馬，後例是，好漢不吃眼前虧。那一趟，二位道義知交連「交通費」都賠了（大家聽得又好氣又好笑）。

其實，收書款這回事，就算新、馬也多有壞賬，我的書不怕賣不出去，只怕賬收不回來，更何況中國大陸地廣域寬。還是當作家好，當慣作家懶做官嘛。

陳：說實話，在新派武俠小說家裡，你的文風最難模仿。你的佈局和筆法，每每出人意表，而文筆之美，劍勢之銳，氣概之高昂，意志之灑脫，能極細極微極精微，又能極博極恢宏，剛柔並重，雄偉秀美並蓄，這非要作者既是詩人，又是哲學家，既爲俠者，又是書生，更要有組織天份和深博知識乃至相當武術修爲不可。模仿金庸、梁羽生、古龍皆易，因他們都有絡可尋，但好過他們則難，學的不到家的，只看一、二頁就漏底了。其他的作家更不必說。但你的文筆，一開始就得高妙、豔麗、飄逸、沉鬱並蘊，否則更加下不了筆。模擬你的人，只看一兩段，乃至一兩行，就「圖窮匕現」，露馬腳了。要學駝鳥埋首易，要學老虎躍澗則隨時都得要粉身碎骨，肢離破碎，難難難。

溫：我下筆行文，比較古怪，銳意求新，不好臨摹。當然，新不代表好，要新又要好，談何容易。但武俠小說早已名家輩出，書山字海，珠玉在前，何況現代人時間如此緊迫，若是重複前人，又不精益求精，又何必要學、要看？我寫作是要自娛娛人，而不是自娛誤人。

·如果我是西毒，那誰是東邪呢？·

我的寫法比較獨特，不好學，一旦學不好，反而很難看。學別家一旦未到火候，還可以自保，還能看得下去，學我的，如果失手，就變成高不成、低不就、三不通、四不像。所以，初學武俠就習「溫派」，那是險道，用的是險招，香港的八卦周刊稱我爲「西毒」，毒是毒，但不知誰才是「東邪」呢？八二年的時候，在倪匡家裡，有位作家自詡說他甚麼人的文筆都能模仿，還能做到在發表一段時期內讀者看不出來，其中包括了金庸、古龍、三毛、衛斯理、瓊瑤……倪匡劈面就說：「你絕對模仿不了溫瑞安的。他的文筆美，你學不來。」那位先生不服氣，說一定能，倪匡就叫他寫寫看，一定逃不過他和讀者的法眼。結果到今天他還是沒把大作交上，想來他是不屑學吧。

我能這麼寫，其實是幾十年累積下來的經驗。我有一套對武俠的看法。其實形式易學，神髓難得。反正我分行你也分行，我擅促時用短句緩時用長句，你也大可長短火交互發射，不難。但意態難跟。意態既是神髓，也是內容，但也不只於內容。內容本身不僅止於故事，人說武俠是成人的童話，我才無意要說甚麼童話故事，我認爲武俠可以很現實、很現代，也很逼近事實。因爲現實裡更需要「俠」，現代更需要「俠義精神」。意態也是一種理念的演繹，一種抱負的衍生，一種風格的形成。這兒我得糾正和補充兩項誤解，一是剛才陳兄開章明義說的，我從十六歲開始寫作武俠小說。其實，有點不對。那是我武俠小說正式發表的時候。我早在六三年已在班上創作武俠小說，用我同學的名字，忠的就是我喜歡的，奸的……當然不用明言了吧。同學們，居然也如癡如醉的追看下去，反應熱烈，有的是不甘雌伏，有的是不想被殺，有的當然也大快人心。如果追溯下去，則在小學一年級時已在班上同學面前「代課」大講故事，以致有教師譏爲：你們來上課是來聽「溫瑞安講故事」的。其實更早些，我四、五歲的時候，還不識字，已在洋灰地上，用雞毛醮著鐵罐盛的水，塗塗畫畫了一個又一個的日夜，隨風即乾的都是刀光劍影、俠骨柔情的影影綽綽。

這麼多年來，我始終以「詩人」自居，還多於作一位「武俠小說家」，而我也自爲眾多文類中仍是以「詩」寫得最稱心合意，在七十年代，我在新、馬和台灣甚至給學者評爲現代詩人中的「江湖派」的創始人，並以寫「武俠詩」起家，說實在的，我對詩與俠的結合，始終不離不棄。

由於我幼時體弱，只好習武強身，偏又一直都有朋友支持，當我「大哥」一般，大家在一起，年少氣盛的時候，難免也會冒險犯難，做些扶弱濟貧的事。加上流亡起伏，數度浮沉，天涯走遍，人事閱盡，也可說是個「江湖人」，而又喜歡讀書、寫作，迄今未嘗忘情。因此，學者說俠，多引經據典，一再反覆臚舉墨翟、史記、唐人小說的傳統，我可不管這一套。我是實幹派的。我來自民間，來自參與，我自有我對「俠」的看法和定義。這就涉及我另一要補正的是從前寫武俠小說，是爲興趣，現在?除了興趣之外，還要爲了「信念」而寫的。

一個人在成熟後還在做著少年時的「夢」，還做年青人做的事，鍥而不捨，至死不渝，一定得要有抱負和信念才會維繫下去。

．成就上要知足　創做要知不足．

王鳳（以下簡稱「王」）：溫大俠，你既然表示以前是為「興趣」而寫武俠小說，而今卻是為「信念」而寫。這是一種趨向成熟、圓滿的遞變——那你準備是一輩子寫下去的了？

溫瑞安（以下簡稱「溫」）：這可不一定。

王（邊笑邊調侃）：為甚麼？是「信念」不堅定？還是興趣缺缺？

溫（大笑）：你不如說我「江郎才盡」！（然後正色說下去）說實在的，我根本、絕對、壓根兒不相信：一個真正有大才華的作家、大師、創作者，會有「江郎才盡」的現象。一個人會「才盡」的原因，只有一個，那就是他的才華不足。為甚麼會才華不夠？寫的不及以前好？原因是：一，他不求進取。不多讀多寫多思考多閱歷，哪能有新的刺激去寫出更新更好更上一層樓的東西！故步自封的結果，就是重複沉悶、失去生命力、斲喪原創性。二，他自己對創作失去了興趣。我指的是真正的「興趣」：不為賣錢、不求名利、不理權位而浸淫陶醉專注在創作之樂的領域裡。這才能寫出好東西，這才不致交行貨。三，他的體魄、精神、健康已漸衰敗，無復當年之盛矣。三種理由，此最後一種最爲可諒。

至於第一個原因，在行動上是不思進取，但在心態上是來自太過自滿自足。在創作求知上，要永遠知不足（在旁的葉浩馬上補充：「所以你在珠海建立了『知不足齋』。」），但在成就收穫上，就該永遠要知足（葉浩又作出補正：「在此你在深圳也建立了一處『知足軒』。」）這才會進取、快樂。

第二個原由可以附加一些說明：在香港就有一大批創作人相信：「橋（即意念、情節）唔怕舊，最緊要受」（大意是說：意念、情節不怕翻抄，最重要的是讀者、觀眾喜歡便可以了），所以電影、電視、漫畫、小說橋段不斷被抄襲、模仿、濫用、亂改，完全不尊重原創作者的版權利益和知識產權，這麼一大群創作人，都不是花精神費心力在創作上，而是東抄西抄，抄西片、抄公式、抄噱頭、抄人物，而且粗製濫造，搬字過紙，醜化俗化，意淫逼姦了原著創念、原作精神，還引以爲榮，當是成就，大言不慚甚麼：「天下文章一大抄」，一旦受到歡迎，還欺師滅祖，把自己封爲原創者，真是沐猴而冠，混水摸魚。還有些人急功好利，以爲寫武俠小說就是要擺些噱頭上去來吸引人，所以加鹽加醋，擺些色情、奸淫、交媾場面，又描寫暴力、打殺、變態情節，以爲就交足了差，並以爲一味「去橋快、去橋盡、去橋靚」（廣東話：意即，情節快速暢盡）完全不講究文字的運用、氣氛的經營、小說的邏輯性和思想性，也沒有人性的描繪，便已經自封爲「大師」了，殊不知，這種行貨就算放在三流的電視劇、電影和漫畫橋段裡也會給累垮的。「打腫臉皮充胖子」這回事，在文學裡行不通，在武俠小說中更沒有市場，真正的「市場」不是讀者要看甚麼你就給他看甚麼：他要看色情你便寫色情，他要暴力你就寫暴力，那只是幼稚、膚淺、短見、一廂情願的想法。就算是拍電影，光賣弄色情、展示暴力的，也上不了場面，撐不住大局，賺不了長久的大錢。這種人常沾沾自喜爲「精見」，其實是「短視」，犯上創作上的「白內障」和寫作上的「青光眼」。

武俠小說創作要講信念、功力，文學寫作更須得講究火候、實力，要打熬、要付出、要耐性、恆心、毅力、才華、幸運，缺一不行。寫作、創作是「欲速則不達」的，你千萬不要以爲自己懶惰，讀者就會懶惰，十年八載走下去，讀者早就超越了你，拋棄了你。你急於求名、求利，想靠創作一炮而紅，可能反繞了遠路。然而你有志於此，有心於此，是一心一意要寫出好東西來，創作些可以交代的作品來，反而常會有意外驚喜，一本萬利。現在當創作人，懶一點都落後，有時候，你要先讀者一步，教育讀者，讓他們領悟到你的東西；有時候，你要與讀者同步，讓他們刺激你。

我從不相信年紀大了就寫不出好作品來這回事。人老了，體能說甚麼都得消褪，健康也確不如前，但腦細胞卻依然活躍得很。李白、杜甫、辛稼軒、羅素、鄧肯、畢加索、李敖、柏楊、梁啓超……，不管古今中外，真的一流高手，豈有因他們年紀大了而創作力、思考能力有所消減？本是庸手才會才盡，高手只怕掙不到時間。

我個人已記錄下來可以寫成小說（不一定武俠）的題材，目前共有壹萬肆仟伍佰貳拾貳條，「片長十三大本」，就算一條只足以寫成一萬字，我這輩子活到二百三十五歲都寫不完了，更何況有的足以寫成十萬字呢！

依蘭（以下簡稱「依」）：你不姓江，你是溫郎（眾笑）。不怕不怕，溫郎氣壯，不愁才盡。可是，現在娛樂多樣化，琳瑯滿目，多采多姿，資訊發達，刺激感官，我們倒不擔心溫大俠有才盡的一日，反而擔心日後還有沒有人看小說。

溫（故意苦著臉）：溫郎就怕志大才疏，就算不致才盡，卻生恐財盡——錢財的財！

在本世紀之初，就有人認為十九世紀小說名家輩出，佳作如林，寫小說的高潮已過，小說已不可為矣。但事實上，到今天，小說家比任何時候都多，而且小說讀者也比任何時候更多。早在三、四十年前，電視興起，有人認為電影已沒有前途，但明顯的好萊塢電影比任何時候都蓬勃，而且影響無遠弗屆。當七十年代初香港電視劇製作嚴謹精采，讓人如痴如醉時，也有人預言，不會再有人再讀小說了，可是不久之後，香港各類小說家崛起湧現，小說大行其道，鋒頭反而一時無倆。在台灣，多年前也有人宣稱：文學已死！至於在香港則早已認為：文學是市場毒藥！可是，文學依然有他的讀者，而文學也常用許多面貌、面目、面具、面孔出現。

·寫的好，就是文學；寫的不好，便是糟粕·

有時候，文學多變一如《西遊記》裡唐僧西天取經時各種各類的妖精，你把它當作孫悟空千萬變化也可以。其實這也無所謂，適者生存，隨機應變，成佛也有四萬八千法門，何況以技巧、形式配合內容、題旨的文學藝術！

陳國陣（以下簡稱「陳」）：那你認爲武俠是文學？

溫：當然。只要寫得好，甚麼都是文學，文學是不同題材，不管類型，只問寫的好不好，寫的好，就是經典。寫的不好，便是糟粕。中國四大文學名著，《紅樓夢》不是一度成爲禁書嗎？書中老纏繞在兒女私情、是非嚼舌的情節裡，有人看了這書灰色厭世，起自殺之念呢！結果，它還是文學經典。《三國演義》雖有歷史所本，但個中情節，不乏大砍大殺，寫的是奸雄、梟雄害人、鬥爭故事，至於甚麼張翼德喝斷長坂坡，關雲長溫酒斬華容的橋段，包括諸葛孔明運智破陣借東風，其誇張渲染處，恐怕一般武俠小說還得遑忽其後矣，然而，它也是文學名著。《水滸傳》自不必說了，根本就是武俠小說的基本雛型、俠義小說的開山祖師，只不過，武俠小說還不至於那麼大男人主義，動輒手刃淫婦（附帶一句：其實，在中國文學類型裡最維護婦權的，還是武俠小說。可不是嗎？武俠小說裡本著以弱勝強、以柔制剛的俠義精神，君不見多少女俠尤勝鬚眉？絕頂高手的是女子，連醫卜星相、瞽者聾子、乞丐病弱、老叟小童都常要比大男子漢還更高強、出色呢！）常鬧得個血肉屠城，殺人一家大小老幼，一般武俠小說殺氣還不至於那麼大，但它仍是中國文學名著。至於《西遊記》，更前面曾引述過，更不消說了，純粹是鬼古神話、怪力亂神嘛。可是，這也絲毫不影響它是中國文學經典之作。為甚麼？因為它寫的好嘛。唐僧代表了人性，「西天取經」是人生歷程，豬八戒是「慾望」象徵，孫行者則成了「理智」代表，如此類推。武俠小說，如果寫的好，亦有豐富象徵，文學意象淋漓、結構嚴密繁複，亦可作如是觀。

只要寫的好，就是文學，管它是甚麼小說。反過來說，只要寫的好，甚麼大題目、了不起的題旨、嚇唬人的把式、嚴肅莊穆的內容、冠冕堂皇的題材，以及名頭比山還高的大作家執筆，還有排山倒海的地位與背景、來頭和學歷，在我看來，都是假的。寫的不好，就是糟粕。糟粕就是垃圾。不管大垃圾或小垃圾，都是垃圾。

陳：那麼，怎麼判斷一部作品是糟粕還是經典？

溫：對不起，我只是個寫作人，正在努力寫好我的作品，哪有資格評定甚麼是糟粕？甚麼是經典？這題目太大了，你也問的太瞧得起我了。我現在仍在努力不製造垃圾的過程中而已。

陳：對不起，我也覺得問得太草率了一些，但我倒心急要知道它的分野和分別。我們知道你少年、青年時期，分別在不同國家地區，舉辦詩社、文社，培訓了不少青年寫手，還有武俠小說新一代接班人，調訓過的人怕也逾千了吧？而且在台灣受過「委屈」後，旋又在創作人材競爭最激烈的香港當過編劇，跟吳宇森、徐克等人度過橋段，又在電視公司和電影公司出任過創作經理和主任，而且還辦文化社團（「自成一派」）照樣培植寫作界的新人、文藝界的有心人。可謂三十年如一日，經驗豐富。但話說回來，在今日文學讀者已明顯凋零、減少，小說讀者不復熱烈、支持的情況下，而在電子媒介、各類娛樂競爭白熱化的氛圍下，你對文學依然保持樂觀，以你的特殊地位和觀察力，是很教人鼓舞的。可是，我仍是很懷疑：以後，還會有以前那麼大量的讀者接受這一種虛幻的題材嗎？

溫：謝謝你，問得太好了。首先，武俠不一定就是寫虛無縹緲的東西。這是大家一種無知的誤解。很多人不看武俠小說，就是以為它在歷史、文化、理智、現實上站不住陣腳，可是，如果你根本不看，又如何審視它是不是真的這般不「現實」？剛才已例舉過《西遊記》不是嗎？《山海經》則更荒誕！《紅樓夢》不誨淫、灰色嗎？《金瓶梅》則更淫邪色情！至於《聊齋誌異》，更是集鬼故事之大全！但它們絕對都是中國文學的瑰寶。如果以「妄誕」一個「大帽子」就否定了武俠小說的話，那麼，則連西方的《尤里西斯》、《地獄：神曲》、《唐・吉訶德》、《基度山恩仇記》都莫不妄誕，全都不是文學了。

可見，不能先入為主，以「不寫實」去否定武俠小說。其實，武俠小說可以是更高一層次的寫實，以一種「詩的真實」去探討生命，試驗出逆境中的人性、患難中的人情。可不是嗎？「君不見黃河之水天上來」，黃河雖然氣勢洶湧，也不至是天上來的吧？「白髮三千丈，緣愁似箇長」，白髮再長，也還不至於有三千丈那麼厲害吧？三丈已很了不起了，已經可以充當「白髮魔女」綽綽有餘了（眾笑）。「金鞭拂雪揮鳴鞘，半酣呼鷹出遠郊。弓彎滿月不虛滿，雙鶬迸落連飛髇」，簡直是武俠鏡頭，武功兵器大排場！李太白這位先生一向不改誇張本色，也寫過「飛流直下三千尺，疑是銀河落九天」，我到過清涼山，也特別上過黃岩瀑布，可能剛好不是雨季吧？那瀑布只不過像是幾十位童子一齊尿尿，哪有他說的氣勢如虹？爲了上去看個究竟，還給當地的抬滑竿伕敲詐，我和紫萍姊、何包旦、素馨、阿鐘、白姑娘幾乎還在山上絕崖與一眾竿伕大打出手，幸好最後還是談笑用兵，安然下山，但結果還是耳聞不是目見，真划不來（眾人好像聽武俠小說一樣）——可見，讀者和評論家卻非常能原諒和包容李白先生「詩的真」，而忽略了武俠小說中也有高層次「文學的真」。真是厚此薄彼。其實，李白號稱「劍仙」，爲人也相當「武俠」：既描寫「十步殺一人，千里不留行」，還言明：「海內觀者皆辟易，猛氣英風振沙磧。儒生不及游俠人，白首下帷復何益？」他的俠義詩句多得很，也誇張得很，大家卻都是受之不疑，我以俠義精神撰寫古人傳奇的《古之俠者》（有別於《今之俠者》）系列裡本就要爲他寫一部書，順此廣告一下（大家都笑了起來）。

．不平激人義憤　愛心使人善良．

溫瑞安：其實武俠可以是很寫實、很真實，也很現實的。

爲甚麼「俠」一定要那麼遙遠不可及?「武俠」二義，「武」是「止」「戈」，是以暴易暴，或以武力的手段達致和平的目標。至於「俠」，我的定義是「知其不可爲而義所當爲者爲之」以及「偉大的同情的結合」。我一再強調：「知其不可爲而爲」不是俠，因明知道殺人放火、打劫銀行是犯法的也是「知其不可爲而爲」，重點是「義所當爲者」才「爲之」。「武俠」其實並不暴力、血腥，而且，重點在於「俠」，俠是目的、內容、理想，武不過是手段、過程、形式。

「俠士」其實也絕非只有古代才出現的人物。「俠」其實就「活」在我們身邊。一個好的「記者」，他本身可能就是「俠」，因爲他勇於表揚良善的人們，揭露社會的黑暗，不惜冒險犯難，承受壓力。一個好醫生，也可以是一名俠者，有時候，他知道病人太窮困，他不想多收額外的金錢；有的時候，他曉得病人已病入膏肓，但他故意說他病情並不嚴重，安慰對方讓他有鬥志與病魔搏鬥。一個好律師，也可以成爲一名俠者，他爲受害受欺的人力爭公平，受到不合理、不合情、不合法對待的人還他公道、自由！一個好學生，也同樣可以是一位俠者，他在教室之外還幫助同學、師長、愛護學校家園，還能盡人子和回饋社會的責任。上個月，香港有個人看不開，跳樓自殺，結果，給一個學生及時抓住了腳踝，那人沒跌死，學生卻扯脫了肩膊。有記者問他：明知這樣力扯，嚴重的話可能一齊掉下去，你不怕啊？他答：怕也要救人啊。他抓住對方的腳時，肩臂痛得要命，可是他仍不放手。爲甚麼？因爲一鬆手，一條人命就「碰」的一聲，沒了。對，這就是「明知不可爲」，但「義所當爲者」爲之了，雖然只是件小事，但在要害關頭，他出手了，而且還死不放手，因爲一鬆手，有人就要死了。武俠小說就是寫這個。這叫「逆境中的人性」，也叫「歷劫中的真情」。

像上述的例子，其實很多。香港有，台灣有，中國大陸也有，新馬有，全世界都有。這就是俠義。站在俠的對立面就是邪惡。俠在民間特別活潑，特別盛行。俠是活在民間的。我認識的一位郵差是俠，他可以爲了一封地址不清楚的信多跑了半天，結果讓一個急於收到這封信的人終於及時收到信裡的信息。我知道的一個屠夫是俠，因爲他長時間賣豬肉給一個寡婦，明明是半斤，他卻給了一斤，寡婦不知道，但他同情她喪夫，而且有三、四個孩子要撫養。他不是貪圖她美色，事實要是那屠夫男扮女妝可能還比她美，這些都是無私的付出。所以地產代理可以是俠，保險經紀可以是俠，清道夫可以是俠，建築工人也一樣是俠，陳乃醉可以是少俠，舒展超可以是俠士，何包旦亦可以是女俠，阿狗阿貓只要有行俠心、俠義精神，一樣是俠。只要他們本著良知做事。

俠當然不是穿白衣、騎白馬、老是拿著一把劍滿街走，袋裡的錢——不，錢還賺太重了，通常用銀票，而且是一萬、十萬兩銀子一張的那種，比現在的信用卡還方便、管用——花也花不完，不用洗澡，不必如廁，卻一住客棧必定打鬥，一傷心就大碗喝酒，奇怪的是老有絕色美女喜歡。那不是俠，那才虛幻。我的小說裡的「俠」永遠不是這種人。

然而，「俠」確存於民間、市肆、現實裡。我說過：俠可以是怒目金剛，也可以是低眉菩薩。

葉浩（以下簡稱「葉」）：所以，你當年故意寫《白衣方振眉》，就是應合了俠是如神仙般中的人物，白衣不沾墨，老是兵不刃血的替老百姓出頭，決疑解厄。但又另行塑造了一個《黑衣我是誰》，反襯白衣方振眉——你還故意寫他在蹲茅坑時遭大包圍，最後還利用糞坑裡的蒼蠅佯作暗器，才殺出重圍呢！他們就是你筆下的「市井大俠」、現實人物吧？

依：《黑衣我是誰》……該不是成龍那部《我是誰》……？

葉：你在作夢啊？當然無關。溫大哥大約在一九七七年時已寫完了《白衣方振眉》幾個故事，並在台灣以「武俠文學」系列推出，當時，一般武俠小說只是簿本在租書店裡租借，就連金庸小說也只在台灣「地下傳閱」，古龍作品亦未正式正規推出。《白衣方振眉》和《四大名捕會京師》可謂是第一批在台灣堂堂正正推出的「武俠文學」單行本呢。成龍拍《我是誰》可是二十多年後的事。

溫：是的，當時我記得是「長河」出版社出版，負責人是林國卿、蘇拾瑩。書一推出，高信疆兄立刻予以高度評價，邱海嶽兄還千方百計打聽到我住處，在一個風雨晚上親自上來約稿。

王：真正的知識份子講究良知，其中也有俠者吧？

溫：有，多的是，不勝枚舉。儒、俠是並稱的。有俠心、能行俠者便爲俠，從這個角度看來，司馬遷、班超、范仲淹、蘇東坡、辛棄疾、方孝孺、文天祥、史可法、譚嗣同莫不是俠，也是「儒俠」。但現代中國知識份子論俠，老是喜歡從「遊俠列傳」引起，說了一大堆，結果總在《漢書》、《通鑑》、《唐人小說》裡繞圈子，老是說古人怎麼論俠，把遊手好閒、拉幫結派、恣意妄爲、好勇鬥狠的流氓、癟三，也當成「俠」論，論到天亮也抓不著頭緒、拿不著邊際，這是食古不化，拘泥於前人則使己不能前之惡例。

其實，現代人可不必管這一套，我們自行爲「俠」定義。國民柔弱，需要俠士。國勢羸弱，更需俠氣。國家積弱，需有俠運。作爲大國公民，強國百姓，俠骨柔情，都要兼備。可惜現代知識份子貪生怕死，急功近利，勢利量狹，扭扭捏捏，裝模作樣，矯情虛飾，儒者懦多，俠者少矣。

不平激人義憤，愛心使人良善，俠者兩者俱備。俠在人情上拈花微笑，在義氣上則如獅子出窟。

葉：所以你才在一九七六年在台出版了《今之俠者》，還要打算寫「今之俠者」系列故事？

溫：是。俠本就活在今時今日。俠是現實裡的英雄。其實先前流行過的「英雄電影」，及剛流行過的「流氓電影」，還有今天在香港崛起的「蠱惑仔片」，都是「俠」的「現代化」，你就別說了，受到外國注意的，屢獲大獎的，過去是武俠片，例如胡金銓的《俠女》等作品，現在也是英雄片，諸如吳宇森的《喋血雙雄》等部。我寫《今之俠者》，早在二十年前，可惜迄今志願未酬，人多約我撰寫古代武俠小說，卻不知我的興味中心興趣重心，早已移情至「今之俠者」的建構上——就算我在寫古代的故事，也是以現代的情感與筆觸。

我要寫的是有創意的，有思想性的武俠小說，我無意重複前人作品。非大成，即大敗，我沒時間去濫竽充數，也不想不死不活。活著就要痛痛快快。沒有俠情，寫不出虎虎生風的武俠小說。

‧我既非古人，亦不是來者　我是自成一派‧

王：那歸根究柢，還是我早前的問題：你還會不會寫下去？

溫：我接受這問題的追擊。追擊得好，我只好回身應戰，面對問題。我且把問題倒反過來，先行審視本來讓我持續寫下去的理由還充不充份？如果可以一一刪除，那就不具備我寫下去的條件了。

一是我對寫作的興趣。對寫作、文學，我始終不忘情。但我讀書相當廣泛，幾乎每隔兩個月就苦研一、兩種新的學識（葉浩在此時接了段話：「我就知道近來溫大哥正在苦讀《阿含經》，又研究超微子振波的理論，且在練習『佛門觀音氣功』和『流水不腐導引十八法』，與溫大哥相識十四年，一直都發現他勤奮讀書，而且不斷往新的領域推展。」），我還在修習水晶念力、冥想、瑜珈靜坐功法和右腦嗎啡分泌的結合呢！我就是沒有學問，所以只好勤奮多唸點書，我就算繼續寫作，且要滿足創作的衝動，也不一定要寫武俠，我大可以寫文藝、言情、推理乃至科幻小說啊（葉浩又接著說：「你的《群龍之首》就是結合了科幻的武俠小說。」）！

此外，就算要寫武俠，我也可以寫剛才所說的，以現代為背景，把「俠」的觀念，推廣、根植到現代來。事實上，我小說的詞藻筆觸，傾情於現代乃多於古代。

二是經濟問題，還好，過去的書，仍在再版中，況且，我也有別方面的投資，還算有點收穫，不一定要靠寫武俠小說維生。

三是接班人問題。我在很早的時候已爲培植下一代武俠小說接班人而盡力。我誠不欲武俠小說就在我們這一代人手中斷送、絕滅。對「前無古人，後無來者」這種話，我很不喜歡，一個真正的大師，應該承先啓後，不該斷絕香火的。我既非古人，亦無意當來者，我只是自成一派。幸好，在這方面，以前的「漢麟」于志宏先生，後來「萬盛」的王達明先生，以及現在的「萬象」林維青先生，都做得相當好，有計劃的推出武俠作家的代表作，台灣的《高手》雜誌和香港「皇冠」出版社麥成輝先生還分別舉辦徵文比賽，重金大賞鼓勵新一代創作人參與寫作行列，中國大陸的李榮德、曹正文、沈慶均、章培恆、陳墨、周清霖、卜健、劉國輝先生都一直盡其所能去發掘、栽培新人，功德無量。大陸、香港、台灣乃至新馬，近日也出了不少武俠健筆，希望他們能不只好好的寫出一個武林，還能寫出一個天下來。

那剩下來的是責任問題了。我大部份的書，都還未寫到結局。有的寫了二、三十年了，有的寫了四、五十部，忠心的讀者有的始終不肯放棄，新銳的讀者又願意重新追看，我若不把它完成，或者至少告一段落，那我實在對不起這些年來讀者的付出、期待與錯愛。讓我寫下去的原動力，就以這點為最。

王：所以，如果你還寫下去，主要是要給讀者一個完整的交代？

溫：至少，我會為這一點盡力。何況，武俠仍確使我動心、激情，而俠義故事更振奮人心。我更注意的是俠義中的情、俠義中的義：成功偉大、失敗悲壯，都不及情感的美麗感傷。

訪問者：李順清　王鳳　陳國陣　何包旦
記錄者：夏蝶　白描　依蘭

【武俠經典新版】四大名捕系列

四大名捕會京師（三）玉手

作者：溫瑞安
發行人：陳曉林
出版所：風雲時代出版股份有限公司
地址：10576台北市民生東路五段178號7樓之3
電話：(02) 2756-0949
傳真：(02) 2765-3799
執行主編：劉宇青
美術設計：許惠芳
行銷企劃：林安莉
業務總監：張瑋鳳

初版日期：2021年03月新版一刷
版權授權：溫瑞安
ISBN：978-986-352-927-9
風雲書網：http://www.eastbooks.com.tw
官方部落格：http://eastbooks.pixnet.net/blog
Facebook：http://www.facebook.com/h7560949
E-mail：h7560949@ms15.hinet.net
劃撥帳號：12043291
戶名：風雲時代出版股份有限公司
風雲發行所：33373桃園市龜山區公西村2鄰復興街304巷96號
電話：(03) 318-1378
傳真：(03) 318-1378
法律顧問：永然法律事務所 李永然律師
北辰著作權事務所 蕭雄淋律師
行政院新聞局局版台業字第3595號 營利事業統一編號22759935

定價：270元

國家圖書館出版品預行編目資料

四大名捕會京師（三）／溫瑞安 著. -- 臺北市：風雲時代，2021.02- 冊；公分

ISBN 978-986-352-927-9（第3冊：平裝）

1.武俠小說

857.9　　109019852